行政院文化建設委員會 指導

九歌現代少兒文學獎得獎作品

基因猴王

王樂群 著

評審委員的話

張子樟：故事緣自「借胎複製」的理念，探討的是人類科技高度發展的可怕後果。一個附身於猴的人如何在複雜的人的世界活下去？他（牠）被迫回到猴的世界，利用人的智慧奪得猴王寶座，然而在人的追剿之下，「牠」只得逃離，避開一切身分認定的困擾。敘述最成功、最感人的部分在於主角介於人猴之間的心理掙扎，寫盡了現代人們的自私、冷漠與兇殘。

傅林統：在「猴人」與「眞人」之間做「性格」的比

較，頗能引人入勝。故事發展流暢，一氣呵成。因果關係處理得自然合理，在科幻的手法中隱含對人類社會、政治，以及人性的諷刺，增添作品的涵義。

廖輝英：複製人的念頭，是人類冒大自然之不韙，代行上帝天職的奇思異想。本書深受好萊塢電影的影響，難得的是，它能在人類與其他物種所生產出來的「四不像物種」遭遇到的困境與迫害下提出省思，並且找到也許不算出路的出路，這是很值得鼓勵的創意。

目錄

我希望帶來新的刺激（自序）——007
1 爭王——009
2 猴人——029
3 教化——043
4 人道——063
5 脫逃——083

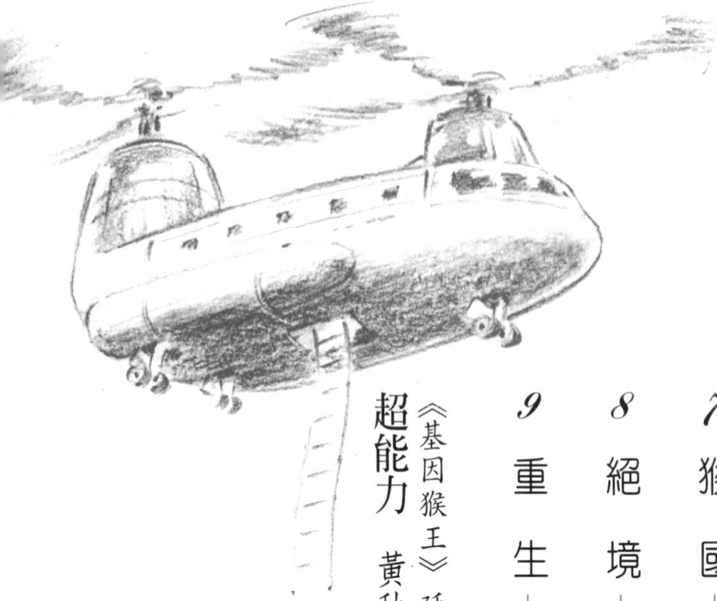

6 小聖——103
7 猴國——121
8 絕境——141
9 重生——161
《基因猴王》延伸閱讀：
超能力　黃秋芳——180

我希望帶來新的刺激（自序）

現代少兒都知道「哈利波特」和「魔戒」，看過電影的人比讀過書的人還多吧！一部具有豐富想像力的少兒讀物，加上先進的電腦動畫技術，變成大人小孩都愛看的作品，這是多少原著作者夢寐以求的事啊！

我們也曾有類似的奇幻文學，《西遊記》和《封神演義》是其中的代表作。這兩部鉅著也都改編成戲劇、電影、卡通等，卻從未造成舉世轟動，枉費了這麼棒的故事題材、這麼好的想像創意、這麼優的文筆描述！

有人說，我們的資金、技術和市場不足，所以無法創造出這麼大的格局。但是，假設這些條件成熟後，我們又有多少作品能發揚光大呢？一直改編古人的著作，這一代豈不汗顏呢？我希望能帶來新的刺激，讓這一代更敢於創作！

我試圖以電影的角度，來構思這部《基因猴王》，除了創意和想像力之外，我致力劇情安排和場景佈局，較少著墨於細膩的感情。從開場的猴王爭奪戰，到終場的大火燒山、萬猴奔逃等，都像是一幕幕的影像，歷歷如在眼前。

每部作品都藏有企圖和省思，卻必須留待讀者自行體會！猴人的故事能否成真？科技文明與自然生態如何共處？作者有自己的觀感，想必讀者也有自己的看法吧！

王樂群

於二〇〇三年六月

1 爭王

一場猴王爭奪戰正劇烈地打鬥著。

挑戰的公猴年輕力壯，體魄魁梧，一副凶猛的模樣；他不斷地高聲嘶喊，左右跳躍，想以這種聲勢來壓迫對手。一陣虛張聲勢後，他發現對手根本不予理會，忍不住心浮氣躁起來，猛然撲上前去正面搏擊。但是，他立刻被更巨大的軀體所逼退，完全無力抵擋橫掃過來的巨掌。一瞬間，他的頭臉、胸背、臂腿都被抓得鮮血淋漓。

這雙巨掌來自現任的猴王，他是一隻正值壯年的公猴，雄踞猴王的寶座已有數年。他不僅身體龐大，蠻力驚人，更有一張十分可怖的臉，臉上盡是傷痕創疤，像在敘述著他的英勇戰績。面對年輕公猴的挑戰，這隻猴王顯得毫不在意；他早已身經百戰，打遍群猴無敵手，任誰也無法撼動他的王位。

我將年輕公猴命名為「大門」，壯年猴王命名為「刀疤」，他們卻不知自己有這樣的人名。我習慣為認識的猴子命名，名字的由來大多依據他們身上的特徵，或是他們特殊的行為表現。然而，猴類的世界裡根本無須名字，他們即能熟記彼此的一切。

大門是這個猴群中的第二代佼佼者，平日仗著身體孔武有力，在猴群中很吃得開。他經常欺負其他的猴子，十足是個橫行的惡霸，當遭遇到其他猴群的侵犯，如爭奪地盤或搶掠果實時，他卻能

捍衛在最前線，成爲這群猴子的守護者之一。他表現得像是猴群的門神，當然能享有許多權利，但這些權利絕對比不過刀疤。

刀疤才是這個猴群的領導者，也就是所謂的猴王。所有的猴王都經由打鬥產生，當上猴王後還必須不斷地接受挑戰；猴類的世界本是個武力的世界，勝者爲王才是不變的生存法則。刀疤必然是經由打鬥才獲得猴王的地位，他同樣地遭遇過多次的挑戰，看他臉上無數道深淺的疤痕，就可以想像歷次打鬥的慘烈。

猴王的特權是，食物都由他先享用，母猴由他先交配，猴群內每隻猴子都必須爲他梳毛抓蚤，表現出歸順服從的姿態。刀疤在這個猴群中唯我獨尊，他佔據著一塊巨石當成王宮，並將巨石附近的區域當成領土。他習慣性地踞坐在巨石上，這群猴子都必須到此朝拜，才能在這片領土中生活。

野蠻的叢林中充滿危險，落單的猴子等於是被宣判死刑。刀疤掌握這群猴子的生殺大權，他將背叛的猴子一律驅逐，尤其是那些向他挑戰失敗的公猴。他從不收留那些流浪至此的猴子，任那些猴子在領土外自生自滅。

大門覬覦猴王的寶座已經很久了。他不甘長期居於老二的地位，處處受制於刀疤；他更氣憤被剝奪交配的權利，他暗戀一隻年輕的母猴，刀疤卻始終不肯放手。今日，他決意要以武力一決勝負，爭奪夢寐以求的猴王地位。他的內心十分清楚，打鬥勝利就贏得一切，失敗將遭到被放逐的命運。

此刻，大門卻驚恐得四下奔逃，連喘息的機會都沒有。他未料到刀疤仍然這般勇猛，更沒想到自己如此不堪一擊；當刀疤的利爪猛烈地撲抓過來，他完全沒有招架之力，被迫逃命似地到處亂竄。

他十分後悔自己如此衝動，他比刀疤年輕許多，等刀疤年老力衰時再動手，就不至於淪落如此的下場。

這次刀疤並無趕盡殺絕的舉動，當大門夾著尾巴逃上樹枝的最末端時，刀疤就悠悠然地退下來，短暫的戰鬥至此結束。刀疤又回到那塊巨石上踞坐著，繼續享用他的水果大餐；大門只能獨自坐在樹枝上舔著傷口，不斷地低聲悲鳴……。

午后的叢林又恢復寧靜。這場打鬥剛發生時，其他的猴子驚慌地四處閃躲，深恐受到任何波及；此時他們卻彷若無事般，又各回本位自顧起來。對這群習慣逆來順受的猴子而言，這般的打鬥早已見怪不怪，反正總會產生一位猴王，對他們的生活並無多大影響。

每位猴王都只是在那個位置上，扮演著應該扮演的角色；他們雖然享受種種的特權，卻必須善盡保護猴群的義務。任何一位猴王都不會做出破壞規矩的事，或打破猴群社會長久建立的傳統，如此猴群內的成員才能相安無事，大家各依本分地生活著。

母猴們帶著幼猴回到刀疤身旁打轉，撿食著刀疤吃剩的果實，公猴們群聚在巨石周圍閒逛，彼此偶有追逐打鬧；幾隻老猴則是散佈在最外圍，各自孤零零的活動著。漸漸地，這群猴子變得慵懶起來，該是他們小睡片刻的時候了。當猴戲嘻鬧聲平靜後，除了叢林內的鳥叫蟲鳴外，只剩山澗流水的淙淙聲響。

這個猴群所在的領土中，一條山澗由高而下貫穿林間，沿著澗邊散落著大小石塊，石塊後方綿延著茂密的樹林。附近數百公尺的區域內，已足夠這群猴子摘食果實、飲水、曬太陽、嬉遊等；茂林中高大的樹木還可以棲身，保障他們睡眠時的安全。猴群在此生活得十分自在，自成一個小小的王國。

那塊巨石正好矗立在山澗開闊之處，看得見藍天白雲，陽光也可以直射而下。這是刀疤展現權威的最佳場地，因爲其他猴子必須經過他的同意，才能登上巨石享受溫暖的陽光。當其他猴子各自覓處小憩後，刀疤仍留在巨石上動也不動；他正等待著被伺候，這時該由我表現了。

我畏縮地繞到刀疤身後，開始溫馴地爲他梳毛抓蚤；他連看都不看我一眼，彷彿我根本不存在似的。我在這個猴群中的地位十分卑微，對一個來路不明的瘦弱猴子而言，刀疤肯收留我已是萬幸，把我當成奴僕般役使更是理所當然。其他的公猴也經常欺負我，刀疤卻當作沒看見般；甚至連幼猴也會戲弄我，只有少數的母猴會制止幼猴。

眼前的情境正如同我的預料，當刀疤打鬥結束穩坐猴王地位時，他才會暫時處於放鬆狀態，對其他公猴也會稍解戒心，這才是我行動的最佳良機。我只有一擊必中的機會，如果失手造成刀疤的反撲，他會將我活生生地撕裂成兩半，我的下場將比大門還悲慘。

但是，這次行動勢在必行，不是他死，就是我亡！

我小心翼翼地服侍著刀疤，趁他舒服地閉目養神時，悄悄地拿出預藏在石縫中的石矛頭。我屏住呼吸，克制心跳，穩定住顫抖的雙手後，高高舉起手中的石矛頭，用盡全力朝刀疤的背部刺下。

「啊！」只聽見刀疤狂吼一聲，猛然地向前跳躍，我藉由他的衝力拔出石矛頭，就在他轉身撲向我的剎那間，趁勢再刺入他的胸膛。「嗚！」這一次，刀疤受創後仰面倒下，抽搐兩下就不動了，他仍然睜大著眼睛，似乎無法相信這個事實。

我成功了！按捺不住心中的狂喜，我興奮得又叫又跳！我的舉動驚嚇到在樹上小憩的猴群，他們紛紛爬下樹來，臉上帶著懷疑神色，謹慎地向巨石靠攏。突然間，整個猴群都騷動起來，他們從未見過這般景象，統治他們的猴王竟僵硬地躺在血泊中。

這群猴子都嚇呆了，他們以恐懼的目光看著我，幼猴更是躲在母猴的身後不敢露臉。他們從未想到猴類會發生致命的打鬥，而且居然由一隻瘦弱的公猴，打死了強壯的猴王。何況，這次根本不算是打鬥，而是一種他們從未見過的「暗殺」，由我手持武器所進行的暗殺。

其實，我等待這個機會已經很久了，這才是真正的「爭王」行動！

我早已看出大門忿忿不滿的情緒，和他蓄勢待發的企圖。我知道大門早晚會和刀疤一戰，但這場打鬥無論誰勝誰負，勝者都是我要刺殺的對象。我必須在新威權尚未穩固之前，突然地策動巨變，才能讓這群猴子措手不及。當他們對新局面茫然無從時，要打破他們既有的服從模式，就變得更容易了。

眼見這群猴子陷入恐慌，我忍不住發出大聲狂笑，對此他們更顯得茫然不解。我從刀疤身上拔出那支石矛頭，然後傲立在巨石上，將石矛頭輪流指向每隻猴子。這個動作嚇得他們四下亂竄、吱吱大叫，這支沾滿鮮血的石矛頭，已充分展現出它可怕的威力了。

我慢慢地走下巨石，一步步逼近至大門面前，他只能僵立在樹幹前，完全沒有退路了。我用雙手緊握著石矛頭指向他，並以冷酷的眼神逼視著他；他的眼中充滿驚恐，不知我會怎樣對付他。

兩個月前，大門是多麼凶狠地對待我啊！他欺負我是一隻落單

的孤猴，毫不留情地撕咬我，害得我遍體鱗傷，幾乎是奄奄一息。那時，他也是以充滿不屑的眼光，冷酷地看著倒地不起的我。

此時，我可以想像大門內心的恐懼，應該是更甚於那時的我，因爲當時他不至於要我的命，現在我卻可能要他的命。終於，他僵硬的身體緩慢地軟化下來，最後整個癱在地上。他仰臥著露出腹部，眼中的恐懼變成了乞憐，在猴類的行爲中，這種姿勢代表著絕對的屈服。

緊接著，其他的公猴、母猴、老猴、幼猴都模仿大門的動作，一隻接著一隻就地躺下，同樣是仰臥著露出腹部，向我表示出服從之意。

我成爲猴王了，一隻瘦弱卻握有武器的猴王！我如同君王般目視這群猴子後，再一步步走上那塊巨石，如刀疤般同樣的姿勢踞坐著。他們見我坐穩後才敢動作，接連地起身走向巨石，並在巨石下安靜坐著，這正是他們被刀疤訓斥時的場景。

完全出乎這群猴子的預料，我並未像刀疤般對他們張牙舞爪，反而是不自然地僵坐著。我尚未習慣於南面稱王，他們也不知如何是好？一隻母猴謹慎地爬上巨石，見我沒有拒絕之意，她才敢繞到我的身後，動手爲我梳毛抓蚤。

這隻母猴是大門暗戀的對象，她是一隻年輕的母猴，才剛生完第一胎，幼猴當然是刀疤的孩子。

我將這隻母猴命名爲「小慧」，因爲她十分賢慧，善盡著母猴的種種本分。她細心又耐心地養育幼猴，保護幼猴不受到任何的傷害；她對待其他猴子也十分和善，在這個猴群中甚受歡迎。像小慧這種母猴，才是猴群社會最穩固的基礎，沒有她們公猴不得交配，

幼猴更乏人照養。

但是，母猴交配的對象必定是強壯的公猴，甚至只有猴王。小慧服侍著我這隻新猴王，我卻不是強壯的公猴，她心中必定十分困惑……。

這群猴子總數只有三十幾隻，除了五隻老猴、八隻幼猴外，其他都是年輕的公猴母猴，刀疤原是唯一的壯年公猴。

照理說，原任的猴王刀疤死後，該由一隻強壯的公猴繼任，如此才能遵循「以力服人」的領導模式，穩定著猴群的社會組織。這群猴子未曾料到，刀疤死後竟然是由我稱王，這簡直太不可思議了！一股緊張的氣氛正在瀰漫，不僅令這群猴子惶惶不安，連我也感到鬱悶難受。

我撫摸著手中的石矛頭沈思起來，它是我用了一個月的時間，以尖石一分一寸地研磨製成，它既尖銳又堅硬，刺入血肉之軀絕無阻礙。如今，它已經展現出可怕的力量，變成一種致命的武器了，雖然我沒有健壯的體魄，憑著它卻足以在猴類中稱王！

其實，今日的稱王只是僥倖，這些公猴震懾於石矛頭的威力，被迫對我俯首稱臣。時間久了，他們必有不服及背叛，勢將造成更多的混亂。更危險的是，如果其他外敵入侵，誰來保護這個猴群呢？這支石矛頭能擊退多少隻公猴？又能抵抗多少外敵呢？我不禁憂慮起來。

猴類並非不懂得利用石頭做爲武器，我曾親眼見到他們丟擲石塊，成功地阻止一隻老虎向前撲進，讓幼猴們順利地逃回樹上。我也見過他們以石塊敲碎堅果的硬殼，再取出硬殼中的果實大啖。但這些石塊都是就地取材，十分原始粗糙，完全未經任何加工，和這支石矛頭相較之下，優劣好壞一眼即知。

「加工！」我腦海中靈光乍現，突然找到眞正致勝的關鍵。我必須創造更精良的工具及武器，才能平定所有的內憂外患！

我輕輕推開在旁服侍的小慧，跳下巨石逕往樹林內走去，這群猴子都茫然地看著我，只有大門顯得躍躍欲動，眼睛盯著小慧猛瞧。我根本不想理會這群沒頭腦的猴子，讓他們拭目以待吧！

樹林中有許多我所需要的材料，我找到一支長棍狀的枯枝，試試它的硬度覺得滿意後，再扯下數條堅韌的樹藤，開始做起加工的動作。

我先將枯樹枝去除雜枝枯葉、剝去樹皮，然後截取出兩隻手臂的長度，做成一枝堅硬的木棍；我再剝開樹藤纖維，交錯搓成一條條的細繩索。最後，我將石矛頭插入木棍前端的裂縫中，用繩索緊緊地捆綁固定。

經過一陣忙碌後，我做出猴類世界中的第一枝長矛；這些「加工」技術，都是人類教會我的本領！

我不免猜想，原始人類必是如此這般地求生，當人類第一次做出長矛時，他們在大自然中的身分，就從獵物變成了狩獵者。人類用長矛獵殺各種動物，食其肉、用其皮，才能在殘酷的環境中生存下來。他們既然能以「加工」取得生存優勢，我當然也能比照辦理。

當我帶著這枝長矛重返領土時，大門正在巨石上糾纏著小慧，她卻緊緊抱著幼猴，絲毫不爲所動，其他的猴子也都打鬧不堪，場面已經失控了。我現身後立刻引起注意，他們看到我手中的長矛，

神情都十分古怪，或許石矛頭令他們印象深刻吧！

我不動聲色地登上巨石後，突然衝向前去攻擊大門，我使出長矛逼他無法近身，自己卻能靈活出手。長矛的長度優勢彌補我瘦弱身軀的不足，尖銳的石矛頭更非血肉之軀能擋，我輕易地就用長矛刺傷他的雙腿，讓他癱瘓在地無法站立，這時他才體會到這件新武器的可怕。

這枝長矛上陣後立刻建功，頓時讓我信心大振。我再也不用擔心和對手正面交鋒，當他們尚未撲上我的身體時，長矛就可以刺穿他們的任何部位。面對這般「文明」的武器，任何「野蠻」的對手都難逃摧殘，猴類世界也將開始認清事實了！

大門負傷後狼狽地爬下巨石，我再度踞坐著接受小慧的服侍。

雖然我並不喜歡小慧，但我卻必須佔有她，這是猴群社會的規矩；

唯有我先守規矩，其他猴子才能跟進。

這群猴子安靜下來，乖乖地肅立在大石的周圍。他們見到我刺殺刀疤，又目睹我擊敗大門，再也不敢輕視我；他們會心甘情願地奉我爲王，並將命運交付在我的手中。我的心中充滿驕傲與得意，在這殘酷野蠻的世界裡，我終於找到安身立命的方法了。

夕陽的餘暉西照，樹林間漸露蒼茫景色，天空中的飛鳥也陸續返林歸巢。看到這般景象，我心中卻突然想起家來，想起那個人類的家，還有我的父母和妹妹……。

2 猴人

我是一個猴人，更具體的說，我是一隻人腦猴身的生物。

我的名字是雷小聖，父親是揚名國際的生物學家雷博士，生我養我的母親是雷夫人；我還有一個妹妹，她是雷博士夫婦的寶貝女兒雷小仙。雖然小仙認爲，十歲的她年長於兩歲的我，應當是我的姊姊；但我的腦力年齡已有十四歲，所以我還是自居爲哥哥。

雷博士是基因轉殖和改造的專家，也是國家生物科技研究機構的負責人。他被公認的最大科學成就，就是利用生物的腦細胞進行複製，連人體臨床實驗也獲得成功。這項實驗結果舉世震驚，對人類醫療領域的貢獻更是卓著，他也因此獲得「腦神」的封號。

複製人腦的實驗成功後，雷博士提出一項大膽的假設：利用人類的腦細胞轉殖在其他生物體內，即可幫助生物加速進化。但這個假設提出後，立刻引起各界的爭議，甚至招致許多專家的撻伐。

反對派的科學家們堅決地說，人是獨一無二的生物，怎可與其他生物混種？更遑論用人類的腦細胞，去幫助其他生物進化。「爲什麼非將其他的生物變成人類呢？」這些科學家提出質疑。

雷博士卻認爲，物種的起源既然相同，進化的最終方向應是殊途同歸，何必區分彼此的優劣呢？何況人類本該與萬物共生，爲什麼不能互取所長呢？

爲此，雷博士面臨無數次的激烈論戰，甚至還被人譏爲假扮

「上帝」。他只好耐心地解釋觀點說：「科學能做的事情，在自然界中早已發生或存在，人類只不過藉由科學的手段，進行人爲操控罷了。……我只是在做一件應該做的事。」

雷博士仍獨排眾議，堅持自己的觀點；但在抨擊非議的壓力下，國家最高領導人還是免除他的職位，並禁止他進行這方面的實驗。最後，他只好黯然離開心愛的研究機構。

科學家的好奇心是無止盡的，一旦有了新的想法，忍不住就想加以實證。雷博士心想，如果經由實驗證明，人類的腦細胞能幫助其他物種進化，這些物種又能爲人類做出更多貢獻時，所有的衛道人士就會啞口無言吧！

雖然缺乏國家研究機構的資源及支援，雷博士卻利用自己實驗室中的簡陋設備，偷偷地研究腦細胞的轉殖技術。當腦神經幹細胞可以利用豬當成寄體，並長成完整的腦部組織後，雷博士決定要放手一搏，付諸實際的臨床實驗。

雷博士以與人類近似的物種進行實驗，他選擇了猴類當成實驗對象。他先從母猴體內取出胚胎，再以自己的腦神經幹細胞殖入胚胎，取代胚胎原有的腦細胞後，讓人類的腦直接變成猴子的腦。這個過程的最大技術關鍵，在於如何使人腦和猴身合而爲一？並能完全地血肉相融、神經相連！

即使雷博士的轉殖技術愈來愈純熟，但這部分的生物奧祕仍有許多未解之處，他經過無數次的實驗，所有的胚胎在殖回母體前都夭折了，只剩下我順利存活下來。對此，他也百思不得其解，因爲只有實驗組而沒有對照組，他就無法比對其中的差異，進一步找出眞正的答案。

對於雷博士而言，這項實驗最困難的步驟，反而在於需要一位人類的母體；因為要讓人類的腦細胞，順利在猴類的胚胎中發育成熟，必須比照人類的懷胎期。但是，誰願意當一隻猴子的生母呢？她必須忍受九個月的懷孕期，最後只是生下一隻實驗用的猴子！

更嚴重的是，這整件事都是非法的，必須祕密地操作才行！

經過雷博士不斷的遊說，雷夫人終於同意當這位代母，讓這個胚胎在她體內順利生長。這九個月的懷胎期十分辛苦，雷夫人除了要忍受異種胚胎在人體內所造成的互斥不適外，還要長時間被觀察監控著，以避免流產意外發生。最後，她更必須以剖腹的方式生下我。

然而，最令雷夫人難以忍受的事，卻是擔心事件曝光後，外界的異樣眼光。「看哪！那位生下猴子的婦人！」社會大眾對於這種異端的行爲，通常只會加以嘲笑與蔑視，誰也不會去探究事件的眞相，這是文明社會中很奇怪的現象。

爲了協助雷博士完成志願，雷夫人終究不顧一切，答應丈夫的請求。雷博士後來告訴我說，當雷夫人生產後第一眼見到我時，竟忍不住放聲大哭起來。雷博士只能滿懷著感激與歉意，將雷夫人緊緊地抱在懷裡，讓她所有的委屈盡情宣洩。

這就是我的出生經過，雷博士特意爲我取名爲「雷小聖」。雷博士說，中國神話《西遊記》中有一位「天」生的猴子，最後得到「大聖」的稱號；我是一隻「人」生的猴子，也該擁有「小聖」的名字。他還說，我的腦部組織得自於他的腦細胞，又經過雷夫人懷胎九月而生，所以我就是他們的親生孩子，當然該跟著他們姓「雷」。

我究竟是孩子？還是寵物？這確實造成雷家極大的困擾。

人類對於傳宗接代所生的孩子，有著十分複雜的情感，這與其他生物大不相同。最明顯的差異是，其他生物間的親子情感，在一段時間後就會消失，甚至親子從此不相往來。但人類的親子關係卻有著一輩子的情感，甚至還有隔代的關聯，可以一代代相傳下去。

雷博士聲稱我是他們的孩子，但我卻仍是他的實驗對象，誰會將自己親生的孩子當成實驗對象？進行各種的科學研究呢？起初雷博士對我的疼愛，與其說我是他的孩子，不如說我是他的心血結晶，或說我是他畢生最大的成就吧！

雷夫人對我的感情更爲難解，雖然我是由她所生、由她所養，但我的眞正原形，卻是由公母猴的精卵結合而成，畢竟不是她的眞正血肉。我和雷夫人的關聯，不過是雷博士的腦神經幹細胞，要她據此認定我是他們的親生孩子，她還無法坦然接受。

從雷夫人疼愛親生女兒的舉止中，這種非至親血肉的差異表現得最明顯。有一次，小仙病重且高燒不退，雷夫人難過得整日以淚洗面。那種焦慮幾近令她發狂，她甚至哭喊說：「如果小仙死了，我也不要活了！」另一次我也曾經病況危急，卻從未見過雷夫人這般的傷心。

其實，雷博士和雷夫人和我相處時，比較不像對待著親生的孩子，而像是對待一隻心愛的寵物。雖然他們無微不至地呵護照顧我，非常公平地對待小仙和我，卻有一道無形的牆阻隔在我們之間，這道牆就是人類所謂的「血親」。

小仙和我的相處更是如此，我剛出生時是她最疼愛的玩具，我

長大後是她最好的玩伴。任憑雷博士和雷夫人怎麼教導小仙，她都無法將我和她的「弟弟」聯想在一起；連雷博士和雷夫人都無法將我當成親人，又怎能要求一個小女孩做到呢？

令我欣慰的是，小仙眞正將我當成「齊天大聖」的後代，她相信我長大後能學會「七十二變」的法術，期待我帶她騰雲駕霧，上天下地無所不能；我也暗自立下心願，希望有朝一日能加以實現。

這種現象直到雷博士教我說話後，才獲得明顯的改善。當我第一次以生硬的聲音叫出：「爸……媽……」，雷夫人竟感動得把我緊摟在懷中，雷博士也開心得呵呵大笑，一副心滿意足的模樣。他一向溫文儒雅，從不大喜大怒；她卻是情感豐富，淚腺還特別發達呢！

從此，我是雷博士和雷夫人的孩子已不容置疑，至少算是個

「養子」。我想，沒有任何寵物會帶著人類的情感，如此回應他們的主人吧！我十分珍惜這樣的感情，當我逐漸長大後，我努力表現得更像他們的孩子，而且還是個好孩子。

只有我才由衷地認定：「雷博士和雷夫人是我的父母！」

我生下來第一次睜開眼睛時，看到的就是雷博士和雷夫人，一直養育著我的也是他們。他們給我一個溫暖的家，又給我一個良好的成長環境，沒有他們怎會有今日的我呢？當個好孩子是理所當然的事！

人類有所謂的「孝順」，指的是孩子回報父母的具體表現。雖然我不明白什麼是「孝」？至少懂得什麼是「順」，我從不違背雷博士和雷夫人的期待，我相信這些期待都是爲我好的。長大後我才明白，原來「孝」和「順」是兩回事，「不順」並非是「不孝」！

雷夫人經常笑小仙不如我孝順，小仙才不理會這些呢！我承認小仙是個善良可愛的小女孩，但她也是個被寵壞的小女孩，連雷博士和雷夫人對她也無可奈何。我了解後才赫然發現，父母疼愛子女出於天性，與子女是否孝順竟然無關。

當雷博士告訴我有關我的出生由來，和所有事情的各種前因後果時，我無法想像那對公母猴是我的父母。即使公母猴遺傳給我形體，那只是外貌而已，內心才最重要不是嗎？雷博士和雷夫人給我一個人腦、一顆人心！

我熱愛雷博士和雷夫人、熱愛小仙、熱愛這個家。自從我能夠用言語和小仙溝通時，我就由她的玩伴身分，晉升爲她最好的朋友，比一般的姊弟關係還來得親密。

小仙和我幾乎是無話不說，雖然大部分時間都是她說我聽，但我們卻樂此不疲。小仙最喜歡和我同睡，雷夫人卻認爲我們各自擁有臥房，才能培養獨立的個性。晚上就寢後，小仙偶爾會溜到我的床上，嬉戲一會兒後，再躡手躡腳地回去自己的房間。

我始終認爲雷博士是最棒的男人、雷夫人是最好的女人、小仙是最可愛的女孩，而我則是最優秀的男孩。

雷夫人不讓我像猴子般赤裸著身體，我有各式小男孩的服裝，每天都要穿戴整齊！除了聲帶構造不同，使我說話發音十分奇怪之外，我十足像個聰明活潑的男孩。

別的男孩能做的事我都會，讀書、寫字、運動、遊戲樣樣難不倒我。我還會一些其他男孩不會的事，比如高低攀爬、懸空吊掛等，甚至是各種家事的好幫手呢！

雷夫人忍不住誇讚我說：「小聖是個好男孩，只不過附身在猴子身上罷了。」這個論點獲得雷博士和小仙的一致認同。雷博士沾沾自喜地說：「我早說過他是個小聖啊！」小仙也附和說：「小聖比我們班上的男生好多了，那些男生只會欺負女生。」

雷博士曾播放過描述聰明猴子的電影，這部電影中的猴子會打冰上曲棍球，並十分善解人意，最後幫小男生的球隊贏得冠軍，人猴皆大歡喜。

我不喜歡和電影中的猴子互相比較，即使他十分聰明，畢竟他仍是一隻猴子。我喜歡的是《西遊記》中的「齊天大聖」，只有他才眞正超越了猴身的限制，做到猴子做不到的事。

既然身爲小聖，理所當然該向大聖看齊，不是嗎？猴人或人猴並不重要，我的眞正身分是個人，一個附身於猴的人！

3 教化

雷博士並未對我進行特殊教育，反而順著我的本性加以啓發，讓我自己摸索學習的方向。

起初，雷博士像教導一般動物的方式，對我下達「來」、「去」、「坐」、「站」、「躺」、「跳」等基本指令，並引導我做出「握手」、「抱抱」、「親親」等動作。沒想到我一學就會，三天內就能理解所有的指令，甚至雷博士還沒開口，我就已做出正確的動作了。

漸漸地，雷博士愈來愈能掌握我的學習方向，他採取教導幼兒的方式，先教我辨識周邊各樣東西，再教我相關的行爲動作。比如「去桌上拿茶杯喝水」、「到窗邊椅子上坐下」、「上床蓋被睡覺」……等，我都能做得精確無誤。

雷博士說，一般動物的頭腦，甚難理解兩個以上的動詞，我卻是一點就透，由此可見「人腦」在我體內已發揮作用，只不過尚未清楚發揮的程度而已。雷博士對他的實驗更具信心，也相信我具有更多可開發的潛能，是一隻非凡的猴子。

有一天，我在睡覺前模仿雷博士的說話方式，突然五音不全地對他說出：「……晚……安」。雷博士大吃一驚，他沒想到我竟能口出「人語」。爲確定我是否懂得「晚安」的意思，他試探地問我：「接下來呢？」我結結巴巴回答：「小聖……乖乖……睡覺……

……」，然後閉上眼睛入睡。

雷博士激動得叫來雷夫人和小仙，一起看我表演「說話」，雷夫人和小仙更是驚訝地無法置信。此後，雷博士開始教我說單字和簡單的句子，經過不斷地發聲練習，我開始用說話的方式表達需求了。

如此一來，我和全家人的溝通更爲方便，學習其他事物的速度也加快許多。一年之內，我幾乎通曉小仙這般年紀能懂的事。

雖然我的對話已十分流利，卻無法像小仙般說出複雜的語句，而且我說話的內容只能具像表達，很難說出抽象的話語。例如，我很容易說出：「我要吃東西。」但我不容易說出：「我覺得餓了。」其他的言行舉止也有類似的障礙，我無法表達出人類的喜怒哀樂情緒。

雷博士並不明白其中的原因，他猜想這和學習的「關鍵期」有關：如果我的腦力尚未發展成熟，有些較複雜事物我就是學不會，如抽象的感覺、邏輯的能力等，這就是我的學習障礙。他說，科學尚無法完全解析大腦的作用與功能，他也不知如何增進我這方面的能力。

後來我才知道事實並非如此，人類的語文能力是幾千萬年累積而成的，如果沒有完整的社會環境加以傳承，即使擁有和人類相似的腦力，也無法學習及應用複雜的語文。

這種現象在人類的土著民族中也曾發生，那些土著只能講著簡單的語言，複雜的語句同樣聽不懂，因此一直過著類似原始人的生活。或許，我的腦子比較像個「原始人」，而不像個「現代人」吧！

學會説話容易，讀寫就較爲困難。對我而言，那些字都是些不同的線條，有直的、橫的、彎的，甚至連成不同的方框，再加上左右的小點，組合成不同的符號，這就是人類的文字。光是記下這些千奇百怪的符號，就已令我頭疼不已，還要我學著寫出來，更是難上加難。

雷博士説這種文字只是中文，人類還有許多不同的文字，各種文字幾乎都是這般的幾何圖案呢！小仙常笑我寫的字像「鬼畫符」，雷博士也不太強迫我學會讀寫，所以我的讀寫能力，始終僅限於簡單的單字和句子。

當我漸漸長大後，雷博士開始讓我自由地學習，他只在一旁觀察和記錄。他對雷夫人説：「我並不想刻意讓小聖變成什麼模樣，而是看他自己能變成什麼模樣。……」

最後，雷博士只堅持的一件事，那就是要我守「規矩」。他堅信只要過著群居的生活，就必須懂得遵守規矩，彼此才能相安無事。當我和小仙調皮搗蛋時，我們還是會一起被罰站。

雷博士相信「生命會自尋出路」，他認爲即使透過「制約」的方式控制生物，卻無法泯滅其本性。何況，各種生物自有不同的「感覺」和「思想」，若想徹底改造生物，根本是不可能的事。他說，我是生物之外的生物，是「另類」的生命形態，應該讓我找到自己的出路才對！

雷博士教會我語言讀寫的能力，雷夫人卻教會我其他的生活本領。他平日專注於科學研究，生活瑣事都由她一手打理，所以她教會我的都是些「家事」。千萬別小看這些家事，它們攸關著最基本

的生存之道，人類若無法妥善料理家事，生活必定是亂七八糟。

雷夫人先教會我辨識各種食物，並在烹飪中教會我有關「火」的使用方法。我的飲食習慣和人類一模一樣，都是以熟食爲主，而且葷素不忌。雷夫人還教會我使用各種簡單的工具，如切割東西要拿尖銳的利器，敲碎東西要拿沈重的鈍器，捆綁東西要用繩子……等。至於鋪床疊被、灑掃清潔等，更是每日例行的工作。

猴類的雙手功能並不輸給人類，只要頭腦能傳達出適當的指令，猴類的雙手同樣是萬能的。我愈來愈懂得善用自己的雙手，它們也愈來愈靈活地聽從指令，甚至能彈鋼琴和敲電腦鍵盤呢！

我喜歡和雷夫人一起做家事，這樣我就更像個好孩子；她也會毫不吝惜的誇讚我，讓我感到更快樂。小仙卻不喜歡做家事，每次輪到她做家事，她就一副不情願的模樣，還會嘟著小嘴撒嬌說：

「好累哦！我可以不做家事嗎？」

其實，小仙自己有一個漂亮的洋娃娃，她每天都爲洋娃娃換穿不同的衣服，還幫洋娃娃整理居家環境，更常拉著我陪她玩「扮家家酒」。我不懂爲什麼小仙願意幫洋娃娃做家事，卻不願意幫媽媽做家事？

雷夫人卻懂得其中的差異，她說小仙的「扮家家酒」是玩耍，幫媽媽做家事像工作，誰不希望只玩耍而不工作呢？但雷夫人對此卻是毫不讓步，小仙還是得乖乖地做完家事。

我是小仙最佳的玩伴和最好的朋友，她帶我玩遍各種遊戲；即使我最不喜歡的「扮家家酒」，我也從不拒絕她的要求。她還經常帶著我看電視，包括各種人物、動物、卡通……等影像。這些影像有著共通的特點，它們都串連出一個個故事——原來人類喜歡的是

故事。

自從我懂得人類的語言後，電視就像是無所不知的老師，每天都教會我許多新奇的事物。但是，如果能讓我自己選擇，我寧願去騎單車、盪秋千，還有我最愛的爬樹，這是少數我會而小仙不會的本領。

小仙最大的本領是畫畫，她最擅長畫各種的卡通人物，還會自創人物造形。她畫過一張「齊天大聖」送給我，畫中的那隻猴子威風凜凜地拿著金箍棒，正在騰雲駕霧疾馳著。小仙說，齊天大聖打倒所有的妖魔鬼怪，專門保護好人，他才是眞正的英雄！

齊天大聖的故事我聽過千百遍，小仙卻常常改編故事情節，她說齊天大聖身邊有位小龍女陪伴，這兩人是天造地設的一對。此後，我經常幻想自己就是齊天大聖，小仙則是那位龍女，有一天我

也要學齊天大聖除妖降魔，幾番叱咤風雲後，再帶著小仙雲遊四海。

當我學會一些畫畫的本領後，我認眞畫出一張「全家福」送給他們。畫中的雷博士、雷夫人和小仙甜蜜地靠在一起，他們的臉上都露著開心的笑容，只有我獨自站在他們的前面，揮舞著手像是在打鬥著。

他們都覺得十分驚奇，雷夫人笑著問我爲什麼把自己畫成這樣，我說我要保護他們不受壞人的欺負。她聽到我這樣的回答，突然掩面哭了起來，雷博士的眼睛也濕濕的。

雷博士的家位於市郊的社區中，這是獨棟獨院的三層樓別墅，一樓是客廳、餐廳和廚房，二樓是主臥房、兩間客房和一間遊戲室，三樓整層都是雷博士的實驗室，陽台則是個漂亮的空中花園。

這棟別墅旁有大庭院和大車庫，庭院中栽種兩棵大樹和大片草坪，樹下有一個小魚塘；車庫中停放兩輛汽車外，還擺放著各式的工具。爲了保護我的安全，雷博士家中並未飼養貓狗寵物，只有幾條錦鯉悠游在池塘中。

這樣的居家環境，足夠讓全家人快樂地生活其中。雷博士還經常帶我們外出活動，平日就在社區中的公園散步，假日多半去郊外遊山玩水。雷博士的用意，是讓小仙和我多親近大自然，接觸其他不同的非文明環境。他經常說，人類所發展出的文明，並非世界的全部……。

有一次，我們到一處熱帶林保護區中遊玩，雷博士放任我在林間四處攀爬，這時我才知道什麼是「叢林」。

我一直活在都市中，眼睛所見、耳朵所聽的都是人類的文明。雷博士的家中雖然應有盡有，卻都是人類所創造的生活環境，大自然並不會提供這樣的生活處所；家中庭院和社區公園雖然長著樹木，也都是人工所栽培的綠蔭，大自然更不會養成這樣的樹林。

當我見到這片綿延不盡的熱帶雨林，和多得數不清的各類植物時，我的心中竟然深深地受到感動。我朝向叢林深處探望，猶豫著是否該去一窺究竟？眼前的景象卻令我心生恐懼，我只好在林邊附近遊走，不敢深入這片全然陌生的叢林。

突然間，林間響起一陣急促的鳥啼聲，嚇得我趕緊奔回雷博士的身旁。雷博士一家人都哈哈大笑，小仙還稱呼我是：「膽小的小聖」。

鄰居們都知道雷博士有隻特別的猴子，他們看到我和小仙在公園騎單車、玩飛盤，人模人樣地穿著全套的運動服，都忍不住嘖嘖稱奇。當他們發現我聽得懂各種指令，並隨著小仙向他們揮手打招呼時，更誇讚雷博士教出這麼聰明的猴子。

雷博士並未禁止我和外人接觸，他認爲這也是一種生活學習，但他嚴禁我在外口吐人言，更不准我和外人說話。他曾嚴肅地對我說：「如果你不開口說話，別人會當你是一隻猴子；如果你開口說話，別人會當你是一隻怪物！」

我明白雷博士的意思，自從他告訴我有關我的一切後，我就知道雷家爲此所承擔的風險。我是個完全違反自然常規的生物，又是國家當局所禁止創造的生物，如果有人知道雷博士創造出我，嚴重的後果可想而知。

對於雷博士的叮嚀，我一直謹記在心，在外遊玩時就當自己是個啞巴，甚至假裝聽不懂一些話。我寧願別人當我是一隻猴子，也不願他們將我當成怪物，更不願因此惹出麻煩，造成雷博士一家人的困擾。

沒想到，一切的發生就是那麼突然，那麼教人措手不及！

那一天，小仙和我單獨外出遊玩，我們在公園內盪秋千時，一位和小仙同齡的小男孩跑來搶秋千，並出手將小仙推倒在沙坑裡。雷博士和雷夫人都不在身邊，小仙已嚇得哇哇大哭，這裡只有我才能保護小仙，我立即撲到小男孩身上又抓又咬。

小男孩被我抓出多處傷痕，他驚恐地仆跌在地上，口中卻號啕大叫：「媽媽！媽媽！……」他的母親從遠處急奔過來，拿起手中的洋傘用力追打我，不斷地叫罵：「野猴子！野猴子！」

這時，公園內其他的人漸漸靠攏上來，似乎想要一起圍捕我。

我四下逃竄卻無路可尋，連張牙舞爪的恫嚇也沒作用，情急之下忍不住叫喊出聲：「他是壞孩子！他是壞孩子！……」

剎那間，所有的人都愣在當場，小男孩的母親隨即驚呼起來：「啊！這隻猴子會說話！……」

小仙也跟著發狂般大叫著：「快跑呀！小聖快跑啊！」

我顧忌著小仙不忍獨自逃離，此刻卻無任何選擇餘地，只好趁著大家仍驚愕不定時，快速轉身向後縱跳，穿出人牆後拔足飛奔而去。我沿著來路直接衝回家中，腦海中只有一個念頭：「我闖禍了！」我愈想就愈擔憂，心中的怒氣也化為恐懼，竟忍不住顫抖起來。

我不敢驚動雷博士和雷夫人，從外牆攀爬水管進入自己的房間後，趕緊躲進床鋪下藏身不動。我緊閉雙眼、暗自祈禱：「神啊！

……保祐我們平安無事，讓一切都不曾發生！……」

不料事與願違，小男孩的母親和當時圍觀的人們，很快地就登門興師問罪了。小仙哭哭啼啼地帶他們進門，我既擔心小仙的處境，又怕這群人傷害到雷博士和雷夫人，立刻悄悄地下樓躲進樓梯間，偷聽著他們的談話。

「你們養的惡猴！……」小男孩的母親一見到雷博士和雷夫人，就以誇張的語氣投訴我的惡行，還讓小男孩露出手臂來驗傷，證明她所言不假。

雷博士耐心聽完這番投訴，和其他人的七嘴八舌後，再以溫和的口氣向小仙問明原委，終於知道整件事的來龍去脈了。他向小男孩的母親道歉，並表示願意負責所有的賠償。

對方見到雷博士肯誠心賠罪，心中的怒氣已消去大半，但他們要雷博士交出犯下暴行的猴子時，雙方卻爆發更激烈的口角。雷博士堅決地拒絕他們的要求，雙方愈講愈僵，最後竟鬧得不歡而散。

小男孩的母親憤憤離去，並撂下狠話說：「我去警察局報案，你們等著吃官司吧！」

直到那群人離開後，我才愧疚地走到雷博士面前，向他低頭認錯。雷博士的神情十分複雜，他並沒有生氣，只是憂鬱地看著我說：「沒關係，這件事爸爸來處理就好了。你自己有受傷嗎？」小仙卻抽噎地爲我說好話，雷夫人也誇讚我很勇敢，懂得保護姊姊！

當晚就寢後，小仙偷偷地溜進我的房間，我們緊緊地相互擁抱，悄聲地又哭又笑。我們哭的是受到了委屈，笑的是我們懲罰壞蛋了，如此又拉近小仙和我的距離。但小仙離開後，我第一次嘗到失眠的滋味……。

4 人道

「惡猴傷人」事件立刻傳遍整個社區，小男孩的母親跑到警察局報案，結果不僅引來警察到家查案，連動物協會組織都前來關心。

雷博士賠償小男孩的醫藥費和精神損失後，這場風波才暫告停息，此事並被社區電視台報導一番，提醒附近居民要「小心惡猴」。慶幸的是，雷博士和雷夫人待人和善，雖然社區居民頗有微詞，卻未太爲難雷家；只有我被迫禁足，暫時不得外出了。

數日之後，國家生物研究機構突然派人調查，隨同的還有數位國家安全人員，他們要求對我進行詳細檢查，他們懷疑雷博士偷偷地進行生物實驗。雷博士本想遮掩此事，安全人員強硬的態度卻令人不得不從；他們甚至以「妨礙國家安全」爲理由，強行將我關入廂型車的鐵籠中，不由分說就要帶我離開。

雷博士擔心的事情終於發生了，雖然他聲稱我只是一般的猴子，傷人事件發生時，我的身上恰巧戴著錄音機……。

這種謊言騙不了敏銳的生物研究專家們，何況雷博士曾提出的大膽假設，早已是同行皆知的事。這些專家第一眼見到我，馬上就知道我是雷博士的實驗對象，而且已經實驗一段時間了。

任憑我大吼大叫地竭力抵抗，甚至逃到庭院中的大樹上，安全人員卻輕易地用麻醉槍將我制服。在我被關入鐵籠抬上車之前，我

迷糊地見到小仙哭著大叫：「不要！不要啊！」雷博士只能強拉著小仙，不讓她硬衝上來，他和雷夫人也紅著眼眶，眼睜睜看著我被帶走。

我被帶到一間大實驗室中，清醒後立刻進行全身檢查，其中以腦部的超音波掃描最爲仔細。這些身穿白袍、戴著白帽、口罩、手套的生物研究人員，先剝光我身上的衣物，做完全身徹底消毒後，再將我赤裸裸地綁在手術檯上，進行抽血、採樣、掃描等工作。

研究人員很快就檢查出結果，他們發現我的腦部容量，竟比普通的猴子大上一倍，腦部組織的表面皺摺也更多更複雜，顯示我比一般的猴子聰明不知多少倍。

此外，他們發現我身體的器官組織等，和其他猴子沒有兩樣，我體內流著的還是猴血。我是一隻健康的公猴，身體較一般猴子瘦弱些，沒有任何的基因缺陷和感染癥狀……。

將我驗明正身後，一位研究人員欽佩地說：「……這眞是生物科技的重大突破，沒想到雷博士竟然獨力完成了。」

「這份檢驗報告必須立刻向上呈報，由上面決定該怎麼處置這隻猴子。」另一位研究人員十分謹愼地說：「我想雷博士一定有更完整的實驗資料，我們還必須向他多請教……」

第三位研究人員卻接口說：「但是他已經被逐出研究機構了，……而且國家安全機構已開始介入調查，恐怕他還會遭到處分呢！」

這些研究人員絕未料到，我竟然聽得懂他們說的話，當我忍不住開口問說：「爸爸怎麼了？我要回家！……」他們全都嚇了一跳，面面相覷不知如何是好。

最後，那位說話謹愼的研究人員說：「……這怎麼可能？我們還是趕快向上呈報吧！」

不到半天的時間，一個龐大的祕密研究小組迅速組成了。小組成員包括生物科技專家、腦神經專家、醫療專家、行為科學專家、心理專家、語言專家等，甚至還有營養專家、馴獸專家、護士及保母等。這個小組的組成目的，是徹底搞懂我是什麼樣的生物？有何特異功能……？

研究小組中還有國家安全人員，國家安全機構的負責人更是小組召集人。這個小組直接對國家最高領導人負責，任何相關的單位都必須全力配合研究；最高當局都如此鄭重其事，相關單位絲毫不敢掉以輕心。

這間大實驗室特別架設嚴密的保全系統，除了全天候的警衛隊駐守在外，室內到處都裝有閉路監視器。在此，閒雜人等根本不得進出，連研究小組成員也必須得到允許。

接下來，研究小組進行更徹底的檢查及測驗，他們還排定時間表來按表操課，由不同的專家在不同的時間，對我做各種不同的研究。但無論他們怎樣的逼問，我都不做任何回答，只是不斷地重複說：「爸爸媽媽在哪裡？小仙在哪裡？我要回家！……」

我甚至開始不吃不喝，採取各種不合作的態度，想藉此逼使他們讓我見到雷博士。研究小組只好將我固定在支架上，讓我全身都動彈不得，並強迫爲我注射點滴和營養劑。面對種種的處置，我既無助又無奈，只能在支架上無言地淌著眼淚。

不料，隔日我竟然見到了雷博士。他的出現並非因爲我絕食的緣故，而是當我被強制帶走後，他就直接找上國家安全機構，要求

他們將我交還。他還威脅說要將此事公諸於世，並不惜告上法院來爭取我的「撫養監護權」。

國家安全機構忌憚雷博士眞的將此事曝光，又需要他配合交出我的實驗檔案，經安全機構負責人的同意後，他們決定讓雷博士加入研究小組。安全機構人員並警告說，如果雷博士不答應，他們可能要將我「人道毀滅」。雷博士爲了我的性命安全，被迫接受如此的安排。

當雷博士來到這間實驗室後，他先請其他研究人員暫時離開，他要和我單獨溝通。小組成員見他十分堅持，只好勉強答應，全部離開了實驗室。其實，雷博士已知道實驗室設有保全系統，我們的一舉一動都逃不出安全人員的監視，他這麼做只爲讓我安心罷了。

雷博士沈痛地告訴我事件經過，最後他竟然請求我原諒他，因

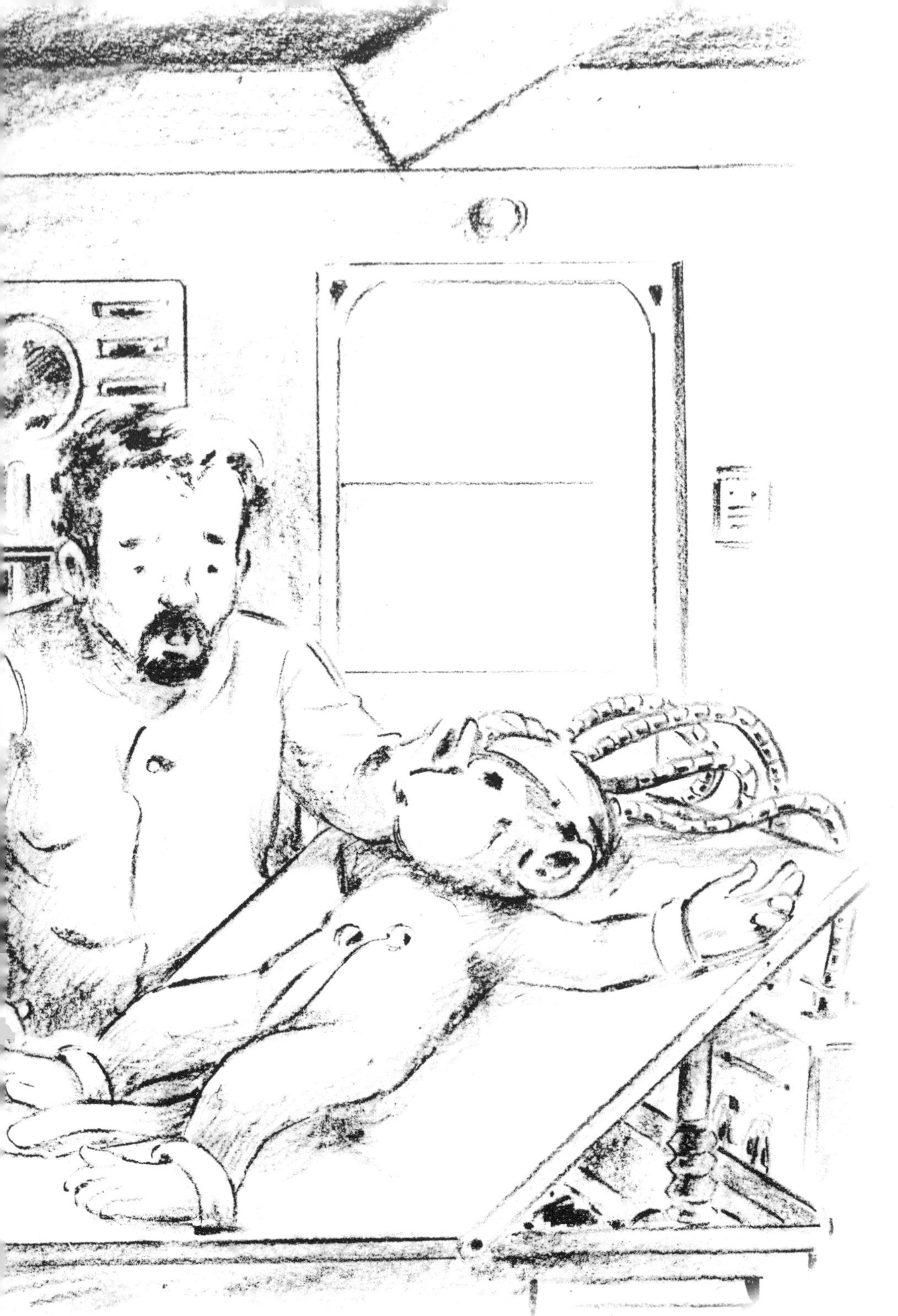

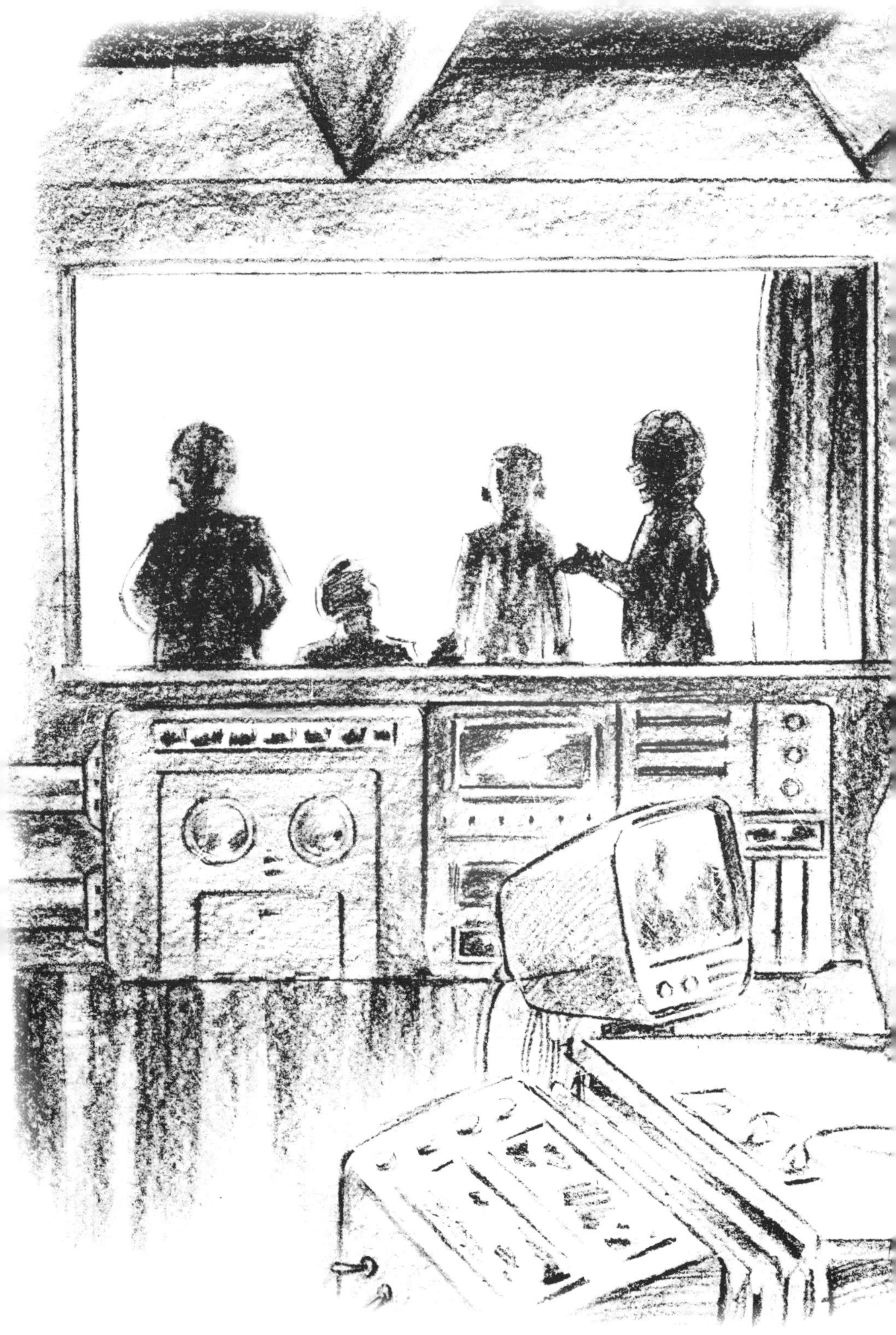

爲他創造出一個生命，卻無法保護這個生命。他完全無法預料我的未來命運，只好勉強加入研究小組，以便間接地保護著我，讓那些研究實驗不至於傷害到我……。

我永遠記得雷博士親口說出的這段話，他傷心落淚地對我說：「……我早已將你當成自己的孩子，我不想再對你做什麼實驗，只希望你能平安快樂地活著。媽媽和小仙也是這麼想，我們這一家人要永遠生活在一起！如今卻……」

「爸爸，你沒有錯！你生我養我，對待我如親生孩子，這一切就已足夠了。……請你們不用擔心我，我會好好地活下去！」這是我對雷博士的回答，也將是我一輩子的承諾！

一個精密的研究計畫就此展開，結果卻教研究小組成員咋舌不

已。

經過兩個月的實驗和分析後，研究小組已確定我是一隻人腦猴身的生物，同時具有這兩種生物的特性。這種情形在植物界較爲常見，但在動物界十分罕見，尤其在高等動物中更是絕無僅有的事。

各項實驗陸續發現我的潛能和限制，我的最大障礙是對抽象的事物較無法理解，腦力似乎仍停留在兒童的階段，但我對機械性的行動能力卻是精準無誤，對十分複雜的動作指令，也能長期地牢記不忘。

例如，要拆卸或組裝一部機器，我只要試做幾次後就能很快地完成。甚至我還能駕駛飛行模擬器，絲毫不輸給一位飛行員。若要我演算較複雜的數學題目，我就像個白痴般不明所以了。

研究小組成員爲我取一個「生化機器猴」的綽號，我對這個綽號完全沒有好感，因爲它一點也不像我。連心理專家都承認我具有人類的情感，這豈是「生化機器猴」所具有的能力呢？我是一個「人」，如果從「人」的角度來分析我，這一切不都變得非常「合理」嗎？

雖然研究小組成員對我的語言能力，早已視爲理所當然的事，但他們更關心我還有哪些特異能力？這些能力又能應用在哪些方面？他們對雷博士的私自實驗已無芥蒂，認眞地和他討論各項研究細節。凡是對我有利的研究，雷博士倒是毫不藏私，適當地扮演著他的角色。

這段日子我過得還不錯，除了行動不自由外，我竟像個小少爺般被服侍著。研究小組成員對我十分禮遇，因爲他們必須討好我，如果有人惹得我不高興，我就會不配合那個人的研究。有雷博士在身邊看顧著，他們也不敢對我怎樣。

相處日久，大家已變成了朋友，他們也就愈來愈尊重我這個猴人，對我當然是寵愛有加囉！最明顯的差別是，研究小組成員開始爲我穿戴整齊，從此不再讓我赤身裸體了。

國家安全人員卻像是防賊般對待我，他們甚至也防著其他的研究人員。這些安全人員幾乎是不言不語，從不介入任何研究過程，他們只是在一旁安靜地監視著。一旦有新的研究結果出現，他們就會立刻呈報上級。

對此，我和其他研究小組的成員都見怪不怪，還有人乾脆將安全人員形容爲「隱形人」，也就是「眼不見爲淨」的意思。

我曾問雷博士說，我和「國家安全」有何干係？爲什麼需要勞師動眾地研究我呢？雷博士畢竟是個單純的科學家，他也無法說出所以然來，只說我是生物科技的「寶貝」，國家當然要特加保護。但他只說對一半，安全機構的介入藏有更可怕的目的。

這些安全人員施捨給我的最大恩惠，就是同意每個月讓雷夫人和小仙來看我一次，每次會客的時間只有半小時。

雷夫人和小仙第一次來實驗室見我時，我和小仙高興地抱在一起又叫又跳，雷夫人更是噓寒問暖，關懷著我在這裡的處境。雷夫人爲我帶來我最愛吃的食物、最愛穿的衣服；小仙帶來她爲我畫的「人物」像，畫中的我已變成了「齊天小聖」。

其實，我在實驗室的種種生活情況，雷博士都會敘述給雷夫人和小仙聽。她們眞正關心的是，失去行動自由的我如何是好？小仙更希望我能騰雲駕霧般逃離此地。

對我而言，失去家人比失去自由更教我難過，在這短暫的相聚時間裡，就讓我好好體會家人的感覺吧！

接連幾個月過去，研究小組中的成員都遭遇到瓶頸，尤其是他們無法再創造一位「猴人」。

生物科技專家經過無數次的實驗，還是無法依照雷博士的方法，生出任何一隻具有人腦的猴子，所有的胚胎全數夭折了。他們又想利用複製的技術來培育第二個我，複製出來卻是白痴般的猴子，腦部神經根本無法發揮任何作用。

雷博士對此本來就不明所以，他自己都無法確知我如何存活下來，當然也無法提供任何的解答。發生這次事件後，雷博士的內心不斷地反省，甚至質疑想要幫助猴子進化的論點；研究小組未能再創造出新的猴人，他反倒覺得輕鬆許多。

腦神經專家也無法派上用場，他們無法完全解開人腦的奧祕，當然也無法破解我這顆人腦。最令他們感到挫折的是，我的腦部竟似發育完全了，該有的潛能已經清楚呈現，該有的障礙也無法突破，再多的練習也無法讓我學會抽象邏輯。人類也有類似的腦功能障礙，猴人的情況卻是前所未見。

我的身體是一隻健康的猴子，在這間實驗室中被仔細照顧著，根本連生病的機會都沒有。醫療專家原想在我身上植入病因，再進行一些新藥的實驗，因風險太大招致其他成員的反對。醫療專家只好不斷地爲我抽血驗尿，再爲我注射預防傳染病的疫苗，權充實驗紀錄罷了。

行爲科學專家的事情可多了，他們一方面觀察我自發性的行爲，一方面又試圖教會我其他的行爲，包括人類和猴類的生物行爲

——他們想要我「一物兩用」吧！

基本上，行爲專家認爲我仍具有動物的野性，但在人類文明的教化下，我的行爲舉止也變得人模人樣；他們眞正想要了解的是，隱藏在我各種行爲背後的刺激因素和動機。爲此，他們曾提出進行情境式實驗的構想，就是塑造出叢林的情境，裡面有各種的野生動物，藉此觀察我在其中會有哪些的行爲反應。

在現有的環境中根本無法建構如此情境，行爲專家只好讓我觀看各種野生動物的影片，聽各種動物的聲音，甚至嗅各種動物皮毛的味道，讓我對野生動物有基本的概念，再做些小型的臨場實驗。

有一次，行爲專家抓來一隻小蟒蛇，趁我吃飯時出其不意地丟在餐桌上；我立刻嚇得僵坐在椅子上，口中忍不住驚聲尖叫。但這隻小蟒蛇慢慢爬近我身前時，我卻本能地抓起桌上的叉子，快速地朝蛇頭刺下。

小蟒蛇的蛇頭被釘在桌上，剩下蛇身還在繼續盤旋轉曲著。這時，我反而冷靜地看著這隻小蟒蛇，直到蛇身完全靜止不動。

我這種快速應變能力，令行爲專家大吃一驚，連一般人都無法這般地反應，何況只是一個猴人呢？雖然他們無法解析原因，卻開始對我另眼相看，甚至找來野外求生專家，教導我更多的「謀生」技巧。

心理專家對此卻大感興趣，他們開始分析我各種的情緒，結果是「喜、怒、哀、樂、愛、惡、欲」等七情六欲皆備。他們評量我的性格本質，說我的本性中善惡因子兼具，因爲生長於溫和良善的環境中，所以表現得像個乖孩子，如果周遭的環境改變後，他們也無法預料我會變成什麼模樣！

當我的「人性」特徵逐漸明朗後，一位心理專家憂心忡忡地對雷博士說：「你爲他取名爲小聖，可曾想過大聖曾造成多少禍害？小聖也難保不會如此啊！……」

雷博士也曾懷疑我是否會變成個壞孩子，但他寧願相信「人性本善」。他認爲以「孟母三遷」般的做法，爲我創造良好的學習環境，那麼我就只會學好、不會學壞！

心理專家們都是「人本論」者，大致上他們同意雷博士的看法，所以也未曾刺激我「性惡」的一面，或許怕我因此學壞了。

語言專家們最可愛，他們說我是「國寶」，只能學習中文，爲華人所用。他們仔細矯正我的發音後，就只教我各種中文的語法，辨識更多的中文字義，對其他的語文一概不教。

此外，語言專家也想知道我能否「獸言獸語」，他們曾找來一隻猴子和我作伴，結果我和那隻猴子完全溝通不良，彼此根本不相往來，他們也只好作罷。但我自己心知肚明，我懂得這隻猴子的「想法」，也看得出他的「用意」，只是不屑與他為伍而已。我不想讓語言專家知道我有此能力，免得他們另做他想。

經過多次的會商討論，研究小組成員做出綜合評量：「……他是一個心地善良的健康猴人，擁有人類的腦神經組織和猴類的外貌身體，兼具人類及猴類的肢體活動能力。……」

「……，他的腦力缺乏抽象化的思考能力，對機械式的操控卻反應靈敏，擅長反射性地指揮肢體運動。……他的身體年齡二歲半，心智年齡十至十四歲之間，具備基礎語文能力，適應力及服從性良好。……如果以人類的職能應用而論，他非常適合擔任精密技術人員……」

5 脫逃

這份綜合評量向上級呈報後，研究小組成員大多卸下重擔，只有生物科技專家愁眉苦臉，因爲他們的研究毫無具體成果。

雷博士以爲證明我是個無害的猴人後，國家安全機構該對我放鬆管制，或許還會同意讓我返家。我也滿懷著熱切的期望，巴不得趕快回家，和雷博士、雷夫人和小仙相聚在一起，從此快樂地生活著。

一星期過後，安全機構卻突然派來另一組成員，接手進行新的研究計畫；除生物科技專家和雷博士外，原有的研究小組成員一律解散。

新的小組成員包括軍事武器專家、飛行訓練專家、潛水訓練專家、特種部隊教官等。這時，國家安全機構的企圖已完全暴露，他們一心想將我訓練成爲一個「軍事武器」，原先研究小組的功能，只是評量我是否適任這類的任務罷了。

國家安全機構的舉動，引發原先小組成員的激烈反彈，雷博士更是極力對抗。雷博士和這些研究人員運用各種關係，向國家最高領導人告狀，並祕密地動員政界和學術界的力量，讓最高領導人及其幕僚了解，這不是國家安全機構可逕行決定的事。

最高領導人知悉此事非同小可，他要求幕僚們仔細評估利害關係後，決定召開一次高層的祕密「公聽會」。這次的與會對象除相

關部會首長外，還有各個領域的頂尖科學家們，由大家共商該如何處置我？

雷博士事先偷偷地找我詳談，讓我清楚地了解眼前的情勢。他敘述事件經過後，面帶懊悔表情喃喃地說：「爲什麼會這樣？……」我的內心同樣吶喊著：「爲什麼會這樣呢？……」

公聽會並未出現太多的異議之聲，結論仍是「以國家利益爲前提」。他們對我的處置訂出三大方向，包括：一、協助科學探險工作，如太空探險、深海探險等。二、編入安全特種部隊，從事危險性的特勤任務等。三、交由腦神經專家進行科學研究，以活體解剖實驗來解開人腦的奧祕。

這三大處置方向還排有優先順序，第三類優先適用，第一類次之，第二類非不得已才執行。三大方向還有一個共同的前提，那就是先對我加以訓練，在交付我實際的任務之前，生物科技專家必須已能「創造」或「複製」更多個我。

所有參與公聽會的人一致同意，在猴人的數量能被廣泛運用前，不能讓絕無僅有的我被「犧牲」。他們最大的願望，仍是大量「創造」或「複製」更多個我。

依照國防部長的想法，那就是生成眾多的猴人後組成部隊，這將是軍事史上最可怕的「敢死部隊」；勞工部長的想法則是培養大量的技術勞工，讓國家的工業蓬勃發展；航太署長想著太空探險、國安局長著眼於特務工作……。

雷博士聽到這樣的結論時，差點當場昏倒，久久說不出一句話。這已是無可挽回的局面，國家大員所做出的決議，豈是他所能反對的事？一個猴人畢竟不是人，他能對人類做出的最大貢獻，無非是爲人類犧牲，或做那些人類做不到、不想做的事。這一次，他再也沒有能力保護我了。

認眞地痛定思痛後，雷博士向雷夫人和小仙表明意圖，他決定策畫一次大逃亡行動。這次行動無論成功與否，他都將賠上畢生的事業及名聲。雷夫人完全體諒丈夫的苦衷，她知道要救出我只有這個方法；小仙也變得更成熟懂事，她勇敢地對雷博士說：「爸爸，我們支持你！」

雷博士經過多次的沙盤推演，並安排好逃亡用的交通工具後，隔日趁著還能自由進出實驗室之便，告知我公聽會的結論。他利用安全人員不注意時，偷偷塞給我一個小紙包，裡面有一封信、一隻螺絲起子和一個打火機。

我從信中得知雷博士的計畫，還有逃出實驗室的方法和路線。

他還繪製出一張簡圖，讓我知道實驗室周邊的地形，和逃出實驗室後會合的地點。信中附有雷夫人的叮囑，她也要我下定決心逃出此地，信末則有小仙的祝福：「平安！」

這是我重獲自由的唯一機會，我的內心既興奮又緊張，我一定要逃亡成功，不然我也不要活了！我想，與其終身被當成實驗品，最後還要爲人類犧牲生命，不如就這麼死去吧！

除了雷博士和雷夫人的鼓舞外，小仙的祝福更讓我勇氣大增。我下定決心後，虔誠地向保護神祈求說：「請大聖務必保佑小聖！」

我牢記逃亡路線圖後，將這封信撕毀沖入馬桶中，不留下任何蛛絲馬跡。我暗中複習人類教會我的操作技巧，並想像著逃亡時可能突發的狀況，及各種應變的方法。

依照信中簡圖上的標註，實驗室位於這棟獨立建築物的一樓，除實驗室本身完全封閉外，建築物其他的房間都沒有鐵柵鐵窗。但是，這棟建築物和外面的道路之間，還隔著一個空曠的大庭院，警衛們分佈在大門口、庭院中和實驗室外，全天候都有人駐守著。

這樣的安全設施雖然嚴謹，設計用意卻是防範「人」，而非防範「猴」吧！對我而言，它仍有不少的安全漏洞，如果能巧妙地加以突破，逃離此地並非難事……。

當晚深夜，我趁著監視攝影器巡迴的空檔，用螺絲起子分次拆下床旁的電源插座，拔出電線後用打火機燃燒它們。嘶！砰！二條電線的銅絲交錯激出火花，瞬間就造成全面的跳電短路，所有的照明設備和監視器系統一起停擺，室內緊急照明燈卻馬上亮起，剛好爲我提供必要的光線。

我迅速爬上天花板，再用螺絲起子打開通風孔的外罩，屈身鑽進通風孔內向前攀爬。我憑著腦海中的地圖，爬到沒人看管的辦公室天花板上，以同樣的手法從通風孔中躍入辦公室中。

發生跳電短路後，值勤的警衛人員都被驚動，迅速地在各處察看異狀。突然間，他們大聲叫嚷起來：「猴子不見了！猴子不見了！……」

情勢變得更危急了，我必須造成更大的混亂才能脫身。一轉念間，我立刻用打火機點燃辦公室中的文件，接連著在四處縱火。當火苗開始竄燒後，我打開辦公室的窗户，縱身躲入辦公室外的七里香花叢中。

庭院中的警衛發現火光後，紛紛衝入辦公室中幫忙滅火，我趁機快步穿越庭院、躍上短牆、向外縱跳、拔腿狂奔，這時即使有人

發現，也來不及追趕了。

我沿著逃亡路線向前狂奔，卻忍不住頻頻回頭張望。跳電短路造成火警灑水系統失靈，辦公室的火勢一發不可收拾，迅速向其他房間蔓延竄燒，熊熊的火光照亮著建築物，在漆黑的夜裡格外醒目。見到這般的景象，我的心中竟有著強烈的快感，分不清是因爲脫逃成功？還是報復成功？或許這就是快意恩仇吧！

雷博士一家人候在隔街的轉角處，他們開來一部廂形車發動著，等我竄入車廂後，雷博士立即加速疾馳而去。這部廂形車是他化名租來的，怕的是沿路上被人認出來。他避開大道專走小路，逕往偏遠的方向駛去，一小時後，我們就已身處荒郊野外了。

進入荒野之後，雷博士仍無停歇的舉動，他邊開車邊對我說，他必須將我放回叢林中，藉此避開安全人員的搜捕，最適合的叢林

要三天的車程才能抵達。他還說，他很欣慰我能逃得出來，但對那場熊熊大火不能釋懷，希望沒有造成任何傷亡。

雷夫人表現得十分鎮定，她和雷博士輪流開車，讓我和小仙在車廂內休息。我和小仙在這種情況下相逢，兩人的心中都是百感交集，我們有說不完的話，捨不得休息片刻。

我覺得小仙已是個美少女，以前每日見面全無所覺，短暫分別後才有思念之情。這種甜蜜的感覺前所未有，幾乎讓我忘卻所有的煩惱。

接連三天，我們不斷地在鄉野道路上奔馳，除了偶爾加油購物外，絕不在有人煙的地方停留，連如廁都在野外就地解決，睡覺則在車上小憩而已。我們吃的食物大多是預備的乾糧，雷夫人偶爾會下車在路旁的小吃店，打包些熱食帶回車上吃，完全不讓雷博士和我在別人面前露臉。

雷夫人的擔心是對的，第三天早上加油時，她所帶回的報紙上就有雷博士和我的照片，雖然新聞報導的內容語焉不詳，大意卻是雷博士縱火燒毀實驗室，又偷竊一隻帶有病菌的猴子逃亡，警方希望發現的民眾趕快通報。

報導中還簡述雷博士的生平小傳，說他是生物科技界的奇才，近兩年卻罹患精神妄想症，經常會做出一些匪夷所思的事。

我看到報導後才知道事態的嚴重，原來雷博士爲我付出這麼高的代價。這整件事情發生後，我曾克制著自己不去責怪他，但心中仍有埋怨他的念頭；甚至，在這次逃亡之前，我還認爲他最終會棄我於不顧。但我愈是猜忌懷疑，愈覺得良心不安，幾乎不知該如何面對他？

如今，我終於深刻體會雷博士對我的父愛，但分手的時刻即將到來，我該如何表達內心的感激呢？我要如何回報他的恩情呢？我什麼都不能做，只能哽咽著喊著：「爸爸！……」

第四日清晨，雷博士將我放回叢林時，我們都強烈地感受到，這次的分離恐怕是永別了。

在人類的世界裡，雷博士再也無法提供我安全的庇護所，在野蠻的叢林中，雷博士一家人更無法陪同我生活，未來我們勢必要處在兩個完全不同的世界了。這三天來，我們珍惜著每分每秒的相處時間，我和小仙更是難分難捨，彷彿要將心中所有的話一次講完；但話未講完，時間卻已用盡了。

雷博士並未為我準備隨身物品，雷夫人甚至脫去我身上的衣

物，他們要我趕快學會自謀生活，愈快拋開人類文明中的教養愈好。雷博士特意爲我戴上一條金屬項鍊，項鍊上掛著一顆迷你型的訊號發射器。他說，如果我按下這個發射器的開關，他就知道該如何找到我。

分手的時刻到了，我不想再陷入離別的愁緒中，強忍著眼淚向他們揮揮手，頭也不回地向叢林大步邁去。背後隱約傳來小仙的啜泣聲，霎時我的心頭好痛好痛！我的內心大聲吶喊著：「爲什麼我要遭到流放的命運？甚至連放聲大哭的權利都沒有呢？難道這就是命運的無奈嗎？……」

我獨自在叢林內探索，一步步地朝向叢林深處走去；我對眼前的環境全然陌生，雷博士卻要我走得愈遠愈好。

高大茂密的樹林幾乎遮天蔽日，樹木種類更多得數不清。每棵大樹上都掛著密密麻麻的蔓藤，有些蔓藤竟如手臂般粗大，樹下到處佈滿著枯葉和苔蘚，散發著潮濕腐爛的氣味。

叢林底部光線稀疏，甚少見到小株的樹木，那些大樹佔據著大部份的陽光，小樹根本難以生存，只有在溪河流經的開闊之處，才見得到零星的小樹。其他的植物多半是巨大的蕨類植物，地衣和菌類植物卻無所不在，遍佈在地上和樹幹上。

後來我才知道，在這片廣大的叢林北面，山坡地上有一大片的草原，草原中灌木叢生，反而很少見到大樹。

水源充足的地方長成大樹，水源不足的地方小樹存活，這是植物界的生存競爭。動物間也有殘酷的存活之道，無論異類間或同類間都要競爭，爭得你死我活才是生存的最高法則。

眼前的叢林看似安靜，其實處處都有生物活動著。各種的蟲鳴

聲交響著，飛來飛去的是蝴蝶和蜻蜓，我好奇地追逐著他們，卻一隻也捉不到；爬來爬去的甲蟲，他們在樹幹和樹葉上吸吮著樹汁，對我的出現毫不理會。

小型爬蟲類則伺機捕食著昆蟲，躲藏在暗處的蜥蜴只要長舌一伸，缺乏警覺心的昆蟲就成了食物。大小的蜘蛛網也四處張掛著，網上最大的蜘蛛有拳頭般大小，長相更令人毛骨悚然。

林中飛著的鳥類十分活躍，鸚鵡類的色彩最鮮明，畫眉類的聲音最動聽。這些鳥類的嘴喙有長有短、有大有小，除了捕食昆蟲外，還可啄食著各種果實。

這倒提醒我該找尋食物了，在叢林中漫遊了半天，我已經餓得飢腸轆轆。以前都有專人爲我準備食物，食物的內容既豐盛又可口，但從現在開始，我必須完全自食其力。

我記得在實驗室觀看「野生動物」影片，猴子是以採果及捕食昆蟲爲主。此刻，我看到那些昆蟲卻覺得噁心，一點兒也沒有食欲，只好爬上樹去摘食不同的果實。沒想到，有的果實辛辣不堪，有的果實又酸又澀，我費心地精挑細選後，才找到甜美多汁的果實，讓自己飽餐一頓。

塞飽肚子後，我繼續向叢林深處走去，地勢漸漸走高，愈來愈有山的模樣。雷博士說這裡是廣闊的山脈，深山峻嶺人跡罕至，是我最佳的躲藏地點。但人類足跡愈是少見的地方，野生的動物就愈多，我在途中遇到山羌、山豬、白鼻心等動物，還見到穿山甲和好幾種蛇類。對於這些動物，我都是避而遠之，深怕自己受到傷害。

猴類並不怕一般的毒蛇，因爲毒蛇無法吞食猴子，只要不去激怒毒蛇，他們就不會來傷害猴類。蟒蛇卻是猴類的剋星之一，不小心被他們纏繞上身，保證是屍骨無存。猴類還怕鱷魚，在河畔飲水時，潛藏在河中的鱷魚會突然躍出，將猴類咬斃再吞入腹中。幸好鱷魚生長在沼澤地帶，山林中並不見他們的蹤跡。從天空飛撲而下的巨鷹雖具威脅，猴類卻可善用叢林躲藏。

叢林中虎豹之類的猛獸，才是猴類真正的天敵，尤其是同樣會爬樹的山豹！我知道這片叢林中必有這種猛獸，行走時盡量不在地面上停留，攀爬著接連不斷的樹木向前行，口渴時才會溜下山澗小溪旁，小心翼翼地一邊張望、一邊喝水。

白天的叢林令我覺得十分可怖，夜幕低垂時，我更驚惶得不知如何是好？夜晚的叢林比白天更嘈雜，各種放肆的蟲鳴蛙叫聲此起彼落，還有貓頭鷹「咕！咕」的叫聲，及不知名的動物走在枯葉上「沙！沙！」的聲音。最教我不安的聲響，卻是夜梟忽遠忽近的啼叫聲，那種淒厲的聲音嚇得我膽戰心驚，恨不得找個樹洞鑽進去。

猴類的夜視能力並不好，夜晚的叢林更是一片漆黑，我幾乎變成半個瞎子。我自忖毫無自保的能力，只能爬上一棵高大的樹木，蜷伏在它最高的枝椏處，再摘些枝葉遮蔽身體。

當晚，樹高風大寒意襲人，我整夜都無法成眠。

6 小聖

我在叢林中獨自漫遊數星期後，不僅身體憔悴不堪，內心更充滿著不安和恐懼。唯一慶幸的是，我並未遭遇到可怕的叢林猛獸。

有一天，我突然聽到猴類「吱！吱」的叫聲，心中緊張的情緒突然放鬆，整個人差點癱瘓下來。我按捺住心頭的狂喜，快步向前奔去，映入眼簾的就是那塊巨石，和散落在巨石旁的猴群。

沒錯，他們正是我的同類，我們都是獮猴一族。

原以爲同類間應該相互親近，不料大門一瞧見我，立刻撲上來撕咬我。我毫無打鬥的經驗，他又比我強壯多了，瞬間我就被他打倒在地，遍體鱗傷動彈不得。我不斷地哀嚎著求饒，直到刀疤巨大的身影矗立在我面前時，他才心不甘情不願地退開。

刀疤對我這位瘦弱的外來者毫不憐憫，反而對我脖子上掛著的項鍊十分好奇。當我發現他緊盯著我的項鍊猛瞧時，趕快忍著全身的痛楚摘下項鍊，恭敬地用雙手呈上。他接過我的項鍊把玩著，又學我將項鍊戴上脖子後，才慢慢地踱步離去。

此時，大門又忍不住想上前撲打我，刀疤卻揮手將大門推倒在地，再轉身向周遭的猴子狂吼數聲。我知道，這隻猴王已經同意接納我，我將成爲這個猴群的一分子了。

接下來，我的日子更不好過。起初我只是猴群中的孤立者，孤零零地在外圍地帶活動，根本沒有其他猴子搭理我；只有大門每天

習慣性地欺負我，只是下手沒那麼重罷了。數日後，刀疤見我表現得逆來順受，絕無背叛之意，就召我過去服侍他，自此成爲他的專用奴僕。

這群猴子中的母猴和幼猴是刀疤的妻子們，其他年老或年輕的公猴是刀疤的手下，只有我才是刀疤的奴隸，我所遭到的待遇可想而知。公猴趁刀疤無須我服侍的空檔，學著刀疤的方式對我呼來喚去，稍有不順從就遭一頓痛打；母猴和幼猴則是盡情戲弄我，只有小慧對我表示同情，偶爾還會分些果實給我吃。

我想在這片野蠻叢林中求生存，就必須棲身在這個猴群之中，否則根本無力應付各種的生活危機，及那些可怕的叢林猛獸。然而，這群猴子已將我逼得走投無路，我不僅寢食難安，每日還得遭受皮肉之痛，這樣的日子怎麼過得下去？我必須反擊才能讓自己活下來！

至此，爭王成爲我唯一的選擇！我要運用我的智慧來扭轉情勢、反客爲主。我開始策畫這次的刺殺行動，以便讓自己當上猴王！……

我是被迫當上猴王的，當大門與其他的公猴無奈地退讓時，這個猴群就回復到相安無事的狀態。我愈來愈習慣踞坐在巨石上，接受母猴和幼猴們的服侍；我默默觀察著他們的舉動，不斷地思索未來的相處之道。我是個猴人，將和這群看似同類、卻非同類的猴子長期生活著，就這般模樣過完一生嗎？

猴群們的生活就是吃飽了玩、玩夠了睡、睡足了吃。年輕的公猴始終想著交配繁衍的事，偶有爭風吃醋的小打鬥；幼猴多半跟著母猴學習覓食本領，趁母猴睡午覺時才會試著獨自探險；老猴們則

是離群索居，像是不存在似的。

這裡的果實多得吃不完，飲水也十分方便，又有足夠的嬉遊玩耍空間，算得上是猴子的快樂天堂。當我落難投奔這個猴群後，如果生活也過得這麼恬適，我應該就此打消所有念頭，不做其他非分之想吧！

一旦起了爭王的念頭，又如願地當上猴王，我卻又不甘如此平淡地生活，這種矛盾就是所謂的「人心不足」吧！但是，世事豈能盡如人意呢？自己想要過的生活，必須靠自己努力去爭取，否則只能不如意地生活著。

我該如何維持這種和諧的日子呢？單是憑著「武器」的鎮壓是行不通的，早晚會有其他的公猴向我挑戰，即使我想自訂「猴王法則」，也必須坐穩猴王之位才行！

這群猴子吃得飽、睡得好，原本該和諧地生活，但公猴交配的權利卻被猴王所奪，猴群內才會發生那麼多的爭端。若想一勞永逸地解決這個問題，我必須滿足公猴們求偶的需求才行。

我對刀疤留下來的猴妻們並不感興趣，我喜歡的是像小仙那樣的女孩，甜美可愛的人類女孩。既然如此，我爲什麼不將這些母猴分配給公猴們，讓公猴各自組成一個個的小家庭呢？也省得我保護那麼多的幼猴。

突然間，我想到小慧、又想到大門，我知道該怎麼做了！

這群猴子剛開始各組小家庭時，只見公猴到處追著母猴亂跑，母猴卻百般不情願地閃躲，幼猴因乏人照料而哇哇大叫。

幾星期後，這種混亂的情況才穩定下來，公猴已知道不能強人

所難，改採大獻殷勤的策略來巴結母猴。公猴開始幫母猴及幼猴覓食採果，善盡保護照顧的責任；母猴也從公猴中挑選出中意的伴侶，各自組成一個個的小家庭。

特別的是，有些公猴擁有兩隻以上的母猴，有些母猴也匹配兩隻以上的公猴，幸好各有所歸無一落空。關於配偶這件事情，最好還是你情我願才行，所以我完全不加干預。老猴們眼見求偶無望，反而聚合成一個小團體，和那些猴子家庭互不打擾。

我又回復獨來獨往的身分，這次我是單身的猴王，並非孤獨的奴僕。這群猴子仍然對我敬畏有加，敬我不爭不奪、畏我手中武器！即使我不願施加暴力，有些猴子太頑皮搗蛋時，我還是會祭出家法處罰。

外部的約制力量，才是社會安定的基石，人類的社會都是如此，何況是猴類的社會呢？

這群猴子平常睡覺時，只會用些樹葉雜草鋪在枝椏上，再扯下些枝葉覆蓋身體，既不遮風也不蔽雨。每當雨季來臨時，這群猴子就一隻隻淋得像落湯雞，曾有體弱的老猴因此病亡。

我想起人類所建造的樹屋，雷博士曾在家中的大樹上，搭建小型的樹屋供小仙和我玩耍。我努力回想著樹屋的模樣，先試著以蔓藤捆綁枯枝，做成簡單的樹屋支架，再用比較大片的枯葉，一層層地固牢在支架上，終於做出有頂、有篷、有壁的樹屋了。

這和雷博士家中的樹屋相差好遠，不僅支架東倒西歪，屋頂和牆面更是枝葉百出，簡直比鳥窩還不如。這群猴子見我辛苦工作後，卻做出這樣一個怪物，都好奇地在樹屋旁張望，誰也不敢鑽進樹屋裡。但這個怪物勉強發揮出遮蔽的功能，當晚我就在樹屋中睡

得十分舒適，這是我離開人類後第一次的安眠。

隔日，我就用長矛強逼著大門搭建另一座樹屋，位置就在他和小慧棲身的大樹上。大門畏懼著長矛不敢不從，只好學著我的動作，一枝一葉地搭起木屋，小慧也主動在旁幫忙。他們之間已有不錯的感情，小慧的孩子也認了大門當爸爸。

經過前次的經驗，這座樹屋就搭得有模有樣，大門和小慧卻毫無親近之意，連小慧的孩子也懶得光顧。當晚，我只好再逼著大門一家人鑽進樹屋，剛開始他們有些害怕，慢慢地適應後，才喜歡上樹屋帶給他們安全舒適的感覺。

自從我允許大門追求小慧，小慧也心甘情願地跟著他，他對我就不再懷有任何的敵意。這次我又幫他們築成樹屋，打造一個溫暖的家，他對我更加尊敬了。純以打鬥能力而言，大門只輸給原任的

猴王刀疤，當大門誠心地尊我爲王後，猴群內的紛爭就由他出面排解，誰敢不從就遭他痛毆一頓。

動物喜愛在安全的洞穴中棲息，樹屋就像是個人工的樹穴，這群猴子當然會漸漸喜愛上樹屋。鳥類都可以築巢，猴類當然可以築屋，就在大門和小慧的指導下，其他猴子很快都學會造屋的本領。一座座的樹屋陸續出現在大樹的枝椏上，居然十分亮眼壯觀，像是樹居部落呢！

只有基本的遮蔽功能還不夠，我開始構想更安全的堡壘。幾天後，我們在每座樹屋的枝椏上，垂掛直達地面的粗蔓藤，做爲猴群進出樹屋的攀爬工具，再用荊棘一圈圈纏繞大樹底部，形成尖銳的阻隔物。如此一來，虎豹蟒蛇等猴類天敵，再也無法爬上樹屋來侵犯我們了。

不料，建造安全堡壘的工程尚未完成，我們就遭遇外敵的侵犯。來犯的敵人不是虎豹蟒蛇，而是另外一群獮猴。

這片廣大的叢林中，有著許多大大小小的獮猴群，猴群間也會彼此侵犯地盤，甚至爭奪母猴。我們所居處的環境得天獨厚，當然是其他猴群覬覦的目標。以往遭遇其他的猴群侵犯時，都是刀疤出面解決，他不愧是個打鬥之王，我曾見他乾淨俐落地擊退對手，這片領土就是在他的勇猛捍衛下，安然保有至今。

兩個猴群的猴王彼此對決，個體的勝負就可決定團體的輸贏，不必兩方大打群架造成更大的傷害，這就是猴類的智慧。

這一次，我這隻新任的猴王卻必須單獨面對危機，雖然大門在我身後躍躍欲試，但這是我第一次遭遇的領土保衛戰，怎能假手於他來代勞呢？憑著他的體魄和打鬥技巧，對方那隻猴王應是不堪一擊，換成了我會如何呢？我知道這一仗打不贏，在此之前所做的努力都將泡湯！

我手持長矛一副倨傲的樣子，威風凜凜地站在巨石上。巨石下那些焦躁的猴子，有的面露關懷擔憂之色，有的卻是貪婪急切之情，敵我兩方的陣勢十分明顯。敵方的猴子一定心中懷疑，怎麼會由我這般瘦弱的猴王應戰呢？我手中握著的怪東西又是什麼呢？我方的猴子倒是信心滿滿的樣子！

敵方的猴王眼見這般的對手應戰，高興地躍上巨石耀武揚威。他採用猴類打鬥的老招式，先是大聲吼叫造勢，然後前後左右跳躍試探，我卻冷靜地不爲所動，有意藉此激怒他。

那隻猴王終於忍不住向前撲來，我立即舉起長矛朝他腹部刺

入，他哀嚎一聲仰面倒下，我再以長矛刺穿他的心臟，他立刻氣絕不動了。敵方的猴群受此驚嚇，開始四下逃散，我方的猴群卻趁機教訓對方，大門更是猛抓狂咬這些入侵者。

爲避免我方公猴受傷，我連忙躍下巨石奔入猴群中，以長矛針對著敵方的公猴。就像變魔術般，每當我用長矛指向哪隻公猴，那隻公猴就會僵立不動。最後，敵方的公猴都僵立在當場，敵方的母猴和幼猴們則緊縮成一團，他們都束手就擒了。

我必須擊斃那隻猴王，敵方的猴群組織才會徹底瓦解，我們才能大獲全勝。當下我卻沒有想到，俘虜這麼多隻猴子做什麼？猴類的戰爭中並沒有俘虜的觀念，戰勝的一方不會收留戰敗的一方，所以每一個猴群都是小型的團體，不像人類可以衍生爲大型的社會。

敵方這群猴子不過十來隻，都是年輕的公猴、母猴和幼猴，看來是組織不久的猴群。這種猴群不易保有長期的地盤，經常是到處流浪，又不斷地被驅逐遷移。敵方這群猴子失去了領導者，他們的組織極可能就此潰散，他們也必須各尋生路，甚至會因此而喪命。

基於「人道」的考量，我略加思考後，決定收留那群猴子。

我方的公猴先摘取果實讓那群猴子分食，再集體帶他們到山澗旁飲水，他們表現得十分順從，還有些受寵若驚的樣子。晚上放他們自由地覓樹棲息後，隔日清點竟然一隻不少，於是我完全解除他們俘虜的身分，讓他們融入我們之中。

幼猴間很快就玩成一片，外來的公猴也開始追求同族內的母猴，卻不敢騷擾我方的母猴，對此我方的公猴才放鬆戒心。我讓大門教導那群猴子築屋的本領，數日之後，那群猴子也紛紛建立自己的樹屋。他們滿懷感激之情，當然心甘情願地奉我爲王了。

猴群間的爭鬥原來這麼容易擺平，都是些生理的需求罷了！只要食物來源充裕，求偶交配的問題獲得解決，誰也不會有其他的非分之想。人類社會還有爭名奪利的困擾，猴類社會卻沒有這類虛幻的東西，看來猴類竟比人類更懂得滿足。

安置容易管理難，大門對待那群猴子斥責多於關愛，早晚會鬧出糾紛。我只好再從那群猴子中，找一隻最強壯的公猴，擔任他們的管理者，我將他命名爲「長臂」，因爲他的手臂特別長。

我既非生長於此地的猴群中，也不是外來猴群的一分子，反而更能公平地對待他們。我想，就讓他們彼此無分轄屬，也不必急著合而爲一，才能避免不必要的麻煩吧！這種做法果然奏效，兩個猴群和諧共處，各自的紛爭各自管理，彼此的紛爭才由我出面仲裁。

此時，我已成爲兩個猴群的共主，在猴類社會中該是一大創舉吧！我還發現一個領導訣竅，就是在大領導者之下安置小領導者。如果由我直接領導兩個猴群，一定會顧此失彼，不如讓大門領導既有的猴群，讓長臂領導新來的猴群，大門和長臂又唯我之命是從，這才是長治久安之道啊！

7 猴國

降服兩個猴群後，我原以爲可以過著平安快樂的日子，沒想到外來侵犯的猴群接連而至。

我剛安排好長臂一族的生計，另一個猴群又來爭奪領土。同樣的打鬥和同樣的結果，我順利解決掉第三隻的猴王、再震懾他的猴群、然後又加以安置。我在這個猴群中扶植新的管理者，並將他命名爲「阿武」，因爲他的打鬥能力和大門不相上下。

我終於知道，入侵者將如潮水般一波波湧來，我無法一直憑著自己的力量，不斷地打鬥又打鬥、安置又安置，這樣的稱王模式將會讓我身心俱疲，始終不得安寧。

我想，如果沒有辦法防止別的猴群來犯，只好培養大門他們變成強悍的武士，由他們負責這類的打鬥！數日後，我製造三支長矛和一組竹製的弓箭，長矛分別交給大門、長臂和阿武，弓箭則保留給自己使用。

剛教會大門他們如何使用長矛，他們就顯得既自滿又驕傲，忍不住拿起長矛互相較勁。這也在我的意料之中，我不動聲色地舉起竹箭射向他們。「咻！」阿武的臀部馬上血流如注，大門和長臂都害怕得丟掉手中的長矛，趴在地上不敢擅動。

「以武制武」是最暴力的強者定律，在野蠻世界中卻十分管用。我教會大門他們使用「長矛」，這是近身相搏的武器；我又向

他們展示「弓箭」，這是遠距傷人的武器。我要他們認清誰才是強者、誰才是猴王！

經過這番血淋淋的教訓後，大門他們就變成我的手下大將，我無須讓他們理解什麼是忠心不貳，只要教他們懂得絕對服從就夠了。

除了武器的製造方法外，我毫不藏私地培育這三位大將，還教導他們如何組訓其他的公猴，讓那些公猴懂得應用隨地可取的武器，如石塊、樹枝等。

我不只要讓猴群中的個體強悍，我必須讓整個猴群強悍起來；唯有如此，我才能制服更多的外來侵犯者！

此外，我還訓練大門他們發號施令，並以吼叫聲做爲召集公猴的訊號。經不斷地訓練後，公猴們只要聽到大門他們的吼叫聲，就會快速地到巨石前集合。公猴們的訓練並不難，因爲最強悍的三隻公猴就是教官，教官只要懂得威脅和利誘，公猴們就會一個命令、一個動作。

在極短的時間內，大門他們都成爲各自猴群的新首領，除了他們本身的體魄蠻力外，他們手中的武器也發揮最大的功效。他們平日都能管束猴群和平共處，對那些不服從團體紀律的猴子，輕者加以體罰懲處，重者逐出領土。雖然我對那些被放逐者於心不忍，爲了維持著嚴明的團體紀律，我並未阻止大門他們去施以重罰。

接連著，第三個、第四個、第五個……，愈來愈多的外來猴群被降服，我們也收容不少落單的猴子，接納他們成爲族群的一分子。整個猴群的數量逐漸龐大時，原有的領土已不夠分配，我們必須開疆闢土拓展新地盤，換我們去搶奪周邊猴群的領土了。

一個族群的領導人，必須以族群的生存利益爲前提，如此才能獲得族群的信賴，扮演好他該扮演的角色。整體猴群的生存利益優於我個別的主張，我雖不想變成侵略者，卻不得不策劃每次的侵略行動。雷博士從未教過我這般道理，生存的磨練逼著我學會它，或許大自然才是最好的老師吧！

數百隻公猴組成的戰鬥部隊誰能抵擋呢？這個部隊中有我這位具有「人腦」的猴王，有近二十位手持長矛的大將，還有數百位隨手可以丟擲石塊的士兵。

我們是最可怕的「猴子兵團」，只要出外爭奪地盤，沒有任何猴群是我們的對手。

於是，一隻隻的猴王被刺殺、一群群的猴子被征服、一塊塊的領土被佔據、一個個的部落被建立。一年之內，我們就擁有數千隻的猴子，以巨石爲中心的方圓十里之內，都是我們所盤據的領土。

各個猴群部落井然有序地向外延伸，愈早納編的猴群愈接近核心地帶，新收編的猴群部落負責捍衛外圍。各個猴群不斷地繁衍後代，甚至能跨族擇偶交配，漸漸地，既有的族群界限變得薄弱，取而代之的是一個大族群！

統治絕不能只靠「武功」，還必須配合「文治」才行。所以，我逐漸將武事的部分交給大將們掌理，自己專心於其他方面的治理工作。

治理數千隻的猴群不是件簡單的事，每當遭遇困難時，我就會撫摸著脖子上那條奪回的項鍊，仔細思考下一步該怎麼做。這條項鍊牽連著我最親近的人，它不僅是我的憑藉，也是我最大的信心來

源。

我開始懂得區分事情的輕重緩急，對猴群最重要的事必須先做，其他的事才能慢慢地打理；我還必須考量猴群的能力能否做到，操之過急反而壞事。我一步步地引導猴群進化，至於爲什麼要引導他們進化？這個問題我卻不願深思。

我們的王國位於叢林的山麓地帶，一年四季的變化十分明顯，「春暖夏熱、秋涼冬寒」是最佳的寫照。這裡植被的種類相當複雜，低海拔地區是熱帶闊葉林相，高海拔山區卻是寒帶針葉林相。這兩大類植物所生的果實完全不同，闊葉林的果實大多飽含水分，取食容易卻不易保存；針葉林則以堅果、毬果爲主，取食不易卻可長期保存。

猴群最常碰到食物短缺的問題。猴類是雜食性的動物，基本上仍以果實爲主，偶爾才會抓些小昆蟲打打牙祭。即使我們的領土不斷地擴充，果實的來源不虞匱乏，但受到季節性的限制，入冬時期猴子們就免不了飢寒交迫，一些體弱的老猴、幼猴還會因此而喪命。

我很早就注意到乾果類的食物，松鼠們不都是靠著儲存乾果來度過寒冬嗎？建立猴國後第二年的秋天，我就訓練母猴們利用石器敲開乾果取食，並要求她們預先大量儲存乾果，甚至興建樹屋專門存放乾果。這年冬天雖然大寒，猴群過冬的食物卻已足夠，大家都能平安無事。

猴群的食物種類也必須增加，不能讓他們只以果實維生，並受制於這類的食物來源。我仔細觀察周遭生活環境後，居然找出不少方法，或多或少增加食物的種類了。

這片叢林內到處都有山澗、溪流，其中有許多的魚蝦生物，如果能善加利用，必能有效增加猴群的食物來源。如何捕魚抓蝦呢？這不是猴類天生的本領，我也無法教他們結網捕魚或持竿釣魚，我想到的是圍石成堰的辦法，讓那些魚蝦們自投羅網，然後隨手可得。

我懷念著雷夫人的烹調本領，那些生魚生蝦腥臭不堪，猴群們雖不以爲意，我卻食不下嚥，眞想吃些煮熟的食物。

這群猴子自有爬樹攀枝的本領，甚至還會掏食鳥蛋，何不引導他們去偷食其他生物的蛋呢？最好的目標對象就是蛇蛋！自從這群猴子懂得持棍弄棒後，一般的蛇類已不是對手，但叢林內的毒蛇偶爾還會造成猴子的傷亡，偷食蛇蛋可謂一舉兩得的事！

猴群的食物來源增加後，再隨著我改變部分的飲食習慣，他們不僅吃得飽也吃得好，身體也因此長得更強健。但他們的生病傷亡卻始終不斷，我參照他們平日自療採食的植物，加以分類整理出十幾種的藥草，頗能治療一些出血性外傷，和腹瀉之類的病症。我讓那些老猴們多加採集備用，以免罕見的藥草臨時供應不及。

生存的內憂獲得解決後，該是面對外患的問題了。雖然我將這片領土稱爲「猴國」，其他的動物卻能自由進出這片區域。那些對我們無害的動物倒也無妨，有些猛獸卻視猴國爲最佳的狩獵場，尤其是敏捷的山豹和凶猛的老虎，經常有猴子因此而喪命。

我們沒有能力消滅這些猛獸，只能做些消極性的防禦。原先設置的樹屋堡壘，已能防範山豹和蟒蛇等偷襲，老虎不會爬樹更不用擔心。猴群最易遭受虎豹攻擊之處，就在水源地區的動物路徑上。

我決定局部性地封鎖水源區，在水源區動物路徑中的地面上，廣佈尖石和刺竹等，藉此防止虎豹之類的動物進入，猴群的進出則利用樹上的長藤。猴群在各個封鎖區內飲水，只要不任意超出範圍，虎豹就無法越雷池一步！

在巨石附近的小坡地上，有一個深廣丈餘的地穴，我打算以此設置陷阱捕捉虎豹。我先利用長藤交錯成爲網狀，再覆蓋大量的枯葉雜草，經過一個月的佈置，地穴變得十分隱祕。我捉來一隻山兔當做活餌，巧妙地綁在長藤上，靜待虎豹上當。

當天夜裡，睡夢中突然聽見一聲虎嘯，嚇得猴群全都驚醒。淒厲的虎嘯聲徹夜響著，一聲連著一聲，攪得我們不得安眠。隔日清晨，大門循著虎嘯聲察看，赫然發現地穴中有一隻老虎，正焦躁不安地走來走去，完全無法脫身。

我的獵虎計畫成功了！不僅猴群們非常驚異，連我自己都深感不可思議。我並未傷害這隻老虎的生命，反而不斷地餵養他，讓他長期成爲我的籠中寵物。

這原本只爲滿足我的虛榮心，不料有老虎的氣息在附近散播，偶爾又傳出老虎暴躁的吼叫聲，嚇得其他野獸不敢接近，包括山豹在內。結果，巨石附近反而變成最安全的所在。

鬥力不如鬥智！我的本領愈來愈多，發揮的功用愈來愈強，這都該感謝雷博士賜給我的「人腦」，人類畢竟是可怕又可敬的生命啊！

猴群的社會結構十分簡單，只有猴王、公猴、母猴、幼猴和老猴等幾個階層；猴群的社會分工也不複雜，各安本分就能天下太平。

猴王主要的工作是保護族群，公猴也分擔部分的保衛之責，母猴負責生育及養育幼猴，幼猴隨著母親學習求生本領，老猴則無所事事。猴群日常生活中的四件大事，就是飲食、交配、睡覺和遊戲，除此之外，猴群也不知道該做些什麼？如此一來，猴群的社會組織就十分鬆散，稍微遭遇變故就會瓦解。

我們的猴群數量不斷地擴大，但我仍是唯一的猴王，是所有猴群部落的共主。我直接統轄各個猴群部落的管理者，這些管理者都是由我親自提拔、唯我之命是從。他們並非各個部落的猴王，他們已被剝奪「優先交配」的權利，只剩下猴群部落的管理權而已。

「混血」是消弭族群藩籬的最佳方式。自從每隻公猴都可以自組家庭後，原先的猴群部落已開始組織鬆動，加上不同部落間的第二代、第三代公母猴互相雜交，陸續向外分立新的家庭時，原有的猴群部落就形同瓦解。這時，整個猴群改由許多的小家庭所組成，小家庭的公猴是家長，由他自行管理他的家庭。

原有的猴群組織逐漸瓦解，這正是我期待的結果，我有意建立一個新的猴群組織，以確保這個猴群代代相傳。爲此，我開始以自己爲首，重建猴群社會的組織功能。

我先挑選出數百隻最強健的公猴，在以巨石爲中心的核心地區集中生活，並組訓成精英形態的管理階層，我將他們命名爲「武士」。

這群猴子武士會舞矛弄箭，平日可充做警衛隊，以巡守的方式維護整個猴群秩序；征戰時就變成強大的武裝部隊，負責開疆闢土。這群武士不定期汰舊換新，保持著最佳的戰鬥能力。

爲比照人類的帝王保有優生的血脈，我毅然收回「優先交配」

的權利。我挑選出年輕力壯的單身母猴，先讓母猴與我交配受孕後，再將她們配給其他的猴子武士爲妻。

我讓自己的親生後代，寄養在每位猴子武士的家庭中，與武士們自己的後代共生共處。這些猴子武士遭到汰換後，他將帶著這個家庭退到外圍地區生活，包括他的孩子和我的孩子。

人類的科學家想「創造」或「複製」更多的我，但他們一直採用基因轉殖，或無性生殖的複製方式，想藉此保有猴人優良的基因。我卻回復到最原始的交配方式，不斷地混血並繁衍後代，讓大自然來進行優生劣汰。人類的科學家失敗了，我能成功嗎？任憑造物者安排吧！

我深受人類文化的教養，連審美觀都由人類所養成，要我和那些母猴交配，簡直像強迫著人和猴交配。我每次都是百般無奈快快了事，還閉上眼睛幻想著和小仙共處，我寧願小仙是我的情人、我的妻子。

有一隻母猴對我百般依戀、不捨離去，我將她命名為「龍女」。我始終將小仙當成身旁的小龍女，如今人猴間的分際已定，小仙只是我無法實現的一個夢想罷了。

龍女為我生了一個兒子，我將他取名為「小基」，因為他是我這個基因猴王的後代。小基非常聰明可愛，我無法檢驗他的腦力究竟如何，也無法為他塑造人類的教養環境，只好竭盡所能，將我會的本領全部教給他，未來的造化如何只有天知道！

我創造出「猴子武士」階級，成為猴群社會的上層組織後，就開始致力規範下層的「平民」組織。我讓平民家庭負責供養武士家庭，對平民家庭成員的分工，也重新做出一番調整。

在所有的平民家庭中，公猴們負責家庭的覓食工作，包括採果、捕魚、掘蛋等，年輕的公猴還必須接受打鬥的訓練。生有子女的母猴負責照顧幼猴和保存家庭的食物，單身的母猴在旁協助並學習。另外，單身的公母猴可以自由地配偶，組成新家庭後就必須分居出去。

幼猴們除了向父母親學習外，我和武士們也是幼猴的指導老師。我和猴子武士們定期巡迴各地，就地召集幼猴集中訓練，猴子武士教導幼猴打鬥的本領，我則教導幼猴們如何善用工具。

我所製造的工具愈來愈多，如石刀、木槌、藤網等生活必需工具，幼猴們的學習能力很強，而且一代甚於一代。我對這些幼猴的表現十分感動，很想教會他們各項的本領，我對他們所付出的感情，不亞於對我自己的後代！

最後，我強迫每個平民家庭，輪流收養著血源相同的老猴，讓整個猴群中不再存在著孤立者。這些老猴並非全然無用，我要他們從事藥草採集後，他們就愈來愈懂得藥草的辨識、使用、保存等方法。老猴們的這項本領，遠勝過其他年輕的猴子，老猴們因此成爲家庭中的必要成員，負責醫療保健的工作。

當猴群的社會組織區分出上下階層，彼此都能各就其位時，猴群更易於統治了。數年之間，我們的猴群已經衍生爲數萬隻，整座山頭都是我們的領土，百獸都不敢隨意侵犯。

我終於建立一個規模龐大、組織健全的「猴國」，我們已成爲眞正的山中之王了。

8 絕境

雷博士絕未料到在這深山峻嶺中，我還是不斷地和人類遭遇，並因此發生衝突。

最初我所遭遇的人類，是那些深入叢林盜獵的獵人們，每隔一陣子，他們結伴到叢林中捕獵珍禽異獸。他們只獵殺虎豹羌鹿之類的野獸，或設網捕捉畫眉、黃鸝之類的鳥類，及老鷹、灰鷲之類的猛禽。

基本上，這些獵人對猴群是無害的，他們對我們這些獼猴根本不屑一顧，獵殺的猛禽猛獸多半是猴類的天敵，反而爲我們除害。

當猴國的規模漸漸龐大，我們的自保措施減少了猛禽猛獸的數量後，獵人們就很少進入這片區域。叢林中有座猴山的消息卻傳出去了，獵人們繪聲繪影地傳說著猴國的事，說什麼滿山遍野都是猴子，猴子還會手持棍棒、丟擲石塊……等。

這些獵人從未深入猴國的核心地區，每當他們意圖接近時，外圍的猴子就不斷地騷擾攻擊。猴群雖然因此惹惱他們，經常被胡亂地射殺傷亡，但獵人們眼見猴子數量龐大，也不想自找麻煩，多半轉往叢林內其他山頭狩獵。

有關猴山的種種傳說，倒是引起不少動物學家的重視，他們很難想像「滿山遍野都是猴子」的景象，這和他們所知道的猴群組織大不相同。動物學家陸續組成田野調查隊，前來我們的領土一探究

竟。

這些動物學家畢竟是專家，他們在外圍地區調查時，就看出這群猴子的社會組織完全不同，甚至找不到任何一隻猴王。他們還發現那些歪歪斜斜的樹屋，更認定這是人爲的生物實驗。

我不允許這些動物學家接近核心地區，不斷地派出眾多猴子去干擾他們。但我不敢讓猴子武士們露臉，這些猴子武士都手持武器，稍有不慎就會引發大禍。

動物學家們卻不敢任意傷害猴命，有些調查隊不堪擾亂無功而返；有些調查隊則在外圍地區觀察後，就帶著簡單的研究成果離去；有些調查隊生擒些猴子帶回研究，其中還包括我的後代。久之，我們也就見怪不怪，只要動物學家不過分，我們也會適度地保持距離。

偶爾見到些人類，我的內心還覺得滿親切的。畢竟我曾生活在人類的世界中，我的所知所學都由人類所教導，甚至我也有人腦和人性，怎麼說都算是同類吧！當這些動物學家突然不再出現時，我卻不禁想起他們……。

這幾年來，有一個問題始終困擾著我，究竟我是人類？還是猴類？我原以爲自己是人類，我在人類世界中卻被當成實驗品，反而在猴類的世界中，我才找到自己的新生命。對於這個兩難的問題，我始終找不到最後的答案，或許雷博士才能爲我解答吧！

每當我見到人類時，內心就忍不住想起雷博士，這種思慕之情一旦勾起，就變得愈來愈強烈。

我經常想著，如果雷博士見到我所建立起來的猴國，他該是怎樣的心情呢？他是高興我幫助猴類進化？還是難過我所引起的種種殺戮呢？他還會像看待親生孩子般，由衷地接受我這隻猴王嗎？雷夫人和小仙看到我娶妻生子，甚至生出數百隻的幼猴時，她們的心中做何感想呢……？

這時的我，已不是個小男孩模樣的猴人，我不再每天穿著人類可愛的衣物，而是赤身裸體般像個猴子，百分之百的野生猴子。在生理上我已是個成年的猴子，在叢林中我更是個萬猴之上的猴王，但在心理上呢？我何嘗忘記生我養我的雷夫人，和我內心深愛著的小仙呢？

我的內心先是猶疑、繼而掙扎，到底該不該和雷博士他們見面？我取下雷博士送給我的金屬項鍊，撫摸著項鍊上的迷你型發射器。雷博士曾說，如果我按下這個發射器的開關，他就知道該如何找到我。這是個具有衛星定位功能的無線電發射器，按下開關後訊號可持續發射一個月，這段時間足夠雷博士找到我吧！

正當我猶豫不決時，有一夜大雷雨傾盆而下，雷雨中不斷出現閃電霹靂。「嘩啦！」一聲巨響後，巨石旁的一棵枯樹被閃電擊中，瞬間就燃燒起來。熊熊的火光照亮整塊巨石，這是我離開人類世界後第一次見到火，感覺既熟悉又陌生。

隔日清晨雨停後，火勢已完全熄滅，只剩枯木灰燼中仍有餘溫。我看見枯木仍冒著白煙，連忙從樹屋中取出乾燥的枯枝，自灰燼中引燃新的火花。我讓猴子武士們堆起一個大土窯，取來更多的枯枝讓火焰持續著，火勢不旺卻始終保有火苗。

龍女、小基、大門、小慧和猴子武士們，都十分驚異地看著我的舉動，他們都不明白我留下這火種有何企圖。

當初我逃離實驗室時也曾縱火，那火和枯樹被焚燒的火都是可

怕的火，是足以造成巨大傷害的火。雷夫人也曾教過我如何用火，這火卻是文明之火，如果能加以善用，猴類的進化將往前邁進一大步。

這把火更堅定我的決心，我終於按下無線電發射器的開關，我要讓雷博士找到我了，只有他才能夠讓我們更進化！

我發射訊號後的第三天上午，猴國出現不尋常的現象，一架直升機在領土的上空飛繞盤旋。

這架直升機始終以低空飛掠，似乎想看清叢林內的狀況。嘈雜震耳的聲音驚嚇到猴群們。大家都惶惶不安四處奔跑，我只好命令他們全都躲進樹屋內。不料，大土窯所冒起的白煙，竟成爲直升機最佳的指引，它很快就發現巨石和大土窯的所在位置。

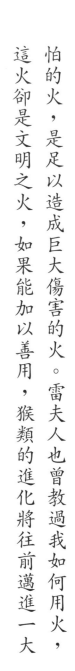

我藏身在樹叢間觀察直升機的舉動，它正以遙控攝影機朝正下方拍攝，接著又前後左右、忽遠忽近地取景，似乎想完整攝錄巨石周圍的地形。持續一個小時後，這架直升機忽然掉頭飛去，這時猴群才敢探出身來，不明所以地互相張望。

爲什麼直升機的偵察行動這般神祕呢？我有種大禍臨頭的感覺，但我很快地又安慰自己說，這是雷博士派人來找我了。爲什麼他不用擴音器呼叫我呢？爲什麼直升機上無人露臉呢？對了！雷博士正在趕來這裡的途中，直升機是先來了解情況；萬一我正處於險境之中，他才能提早想好搭救我的方法。

一整天，我都是忽憂忽喜、坐立難安，不知道接下來會發生什麼事？

情勢很快就明朗了，隔日上午，猴國內飛來第一架直升機，第

二架、第三架……，竟有數十架的直升機先後現身。這些直升機並未停留在巨石上空，而是分別飛到這座山頭的周圍地區，每架機身都垂落八至十名的武裝士兵，還有一箱箱的器材裝備。它們不停地往返，一直運送著士兵和裝備到不同的地點，黃昏後才完全不見蹤跡。

南邊外圍地區的猴群先被驚動，他們不斷地見到人類，而且是愈來愈多的士兵。外圍猴群依照以往的方式，朝這些人類丟擲石塊，起初士兵們只是閃躲著，最後卻向猴群開槍，迅速地擊斃數十隻的猴子。

雖然猴群曾見識過獵槍的威力，何曾見過如此猛烈的衝鋒槍呢？南邊的猴群驚嚇得攜家帶眷，集體向內圍地區退逃。接著，北邊、東邊、西邊的外圍地區，都發生相同的情況，整個猴國都騷動起來。

外圍的猴群逃入內圍的地區，內圍的猴群跟著驚惶奔逃，數萬隻的猴子，正如潮水般向核心地區湧來。若非手持長矛的猴子武士們捍衛此處，那些幾乎發狂的猴子們，大概會將巨石地區淹沒吧！

這個龐大的猴群平日訓練有素，表現出紀律十足的樣子，但他們完全未曾經歷過戰亂，大難所造成的集體恐慌情緒，就像瘟疫般感染開來。這時，公猴離散了母猴、母猴走失了幼猴，幼猴則到處尋找父母，尋找不著就哇哇大叫。

面對這種混亂的局面，我完全沒有主意，既不知該如何安撫猴群，也不知如何解決當前的困境。我只能要求猴子武士們，先固守巨石附近，保護核心地區的安全。

那些武裝的士兵們，只是巡守在外圍的地區，並未進一步的向

前逼進。士兵的數量卻是快速地增加，接連兩天，步兵部隊已增兵至外圍地區，分別從東南西北四個方向抵達，抵達後就不斷地散開，由點而線而面，團團地將整座山頭圍住了。

三天來的混亂，猴群都已精疲力盡、疲憊不堪。核心地區每棵大樹上都擠滿猴子，連山澗旁、地面上也到處是猴子，猴群們你爭我奪，日夜吵鬧不休。這裡的食物數量明顯不足，公猴群聚在樹上爭搶果實，母猴和幼猴們卻無人照應，只能撿食公猴吃剩掉落的果實，母猴間甚至會爲此大打出手。

在這種吃不飽、睡不好的情況下，猴群們更顯得焦躁與暴力。我不准猴子武士們對其他猴子動武，畢竟造成如此混亂的局面，並不是那些猴子的錯。猴子武士們退守巨石周邊的範圍，其中還包括十幾棵大樹，和我特別下令保護的大土窯。

猴群亂到這種地步，連猴子武士們的樹屋也被佔據。武士們的家人只好跟著退守，最後都群集在巨石上下，彼此分食著少量的果實。

我萬萬沒想到，自己所建立的猴群上層社會，竟被猴群下層社會所逼退。群眾的力量眞是可怕，如果幾萬隻猴子一起暴動，又豈是區區幾百支長矛所能抵擋？幸好我平日對猴群十分寬厚，一切都爲猴群的生存大計著想，否則恐將遭到他們圍攻了。

夜裡，我緊緊擁著龍女和小基，坐在巨石的最中心位置上，感受這巨變之下僅存的溫馨。大門和小慧一家人就在身旁，這幾年來大門和我朝夕共處，彼此成爲最要好的朋友，患難之中更見眞情，大門正嚴密地守護著我。

我們都無言以對，沈悶的氣氛令人窒息，這種前景不明的感覺最是難受；我雖不知還會遭到什麼變故？但我知道該來的總是會來！

第四日的清晨，一架直升機盤旋在巨石上空，機上傳來雷博士清晰的聲音：「小聖！小聖！你在哪裡？我是爸爸，你在哪裡？……」

直升機的擴音器大聲地迴響著，一遍又一遍，聚在附近的猴群又被驚動了，他們紛紛逃開巨石的周圍，連猴子武士們也跟著逃離。最後，巨石上只剩下我、大門、家人和少數幾隻猴子武士，目標變得更明顯。巨石所在的位置，並未被大片樹叢所覆蓋，空曠的上空更能凸顯著它的特殊，這也是它成為猴國地標最重要的原因。

見到巨石上的猴群逃開後，直升機緩緩地垂下固定著人的繩索，先是兩位武裝的士兵垂落巨石，接著就是雷博士、雷夫人和小仙，最後是身著野戰軍裝的國家安全機構負責人。我對這位安全機構的負責人並不陌生，卻無半點好感，當初就是他要「研究」我，才接著發生一連串的變故，逼得我落難而逃。

這群人剛開始垂落地面時，大門和僅剩的猴子武士都想撲上前去，卻立刻遭我揮手喝退。眼前的情勢相當不利，幾支長矛能發揮多大的作用？無論即將發生什麼事，我都不想讓自己人受到傷害。

雷博士、雷夫人和小仙分別摘下頭盔，那位安全機構的負責人卻毫無所動。兩位士兵持著衝鋒槍和麻醉槍，壓制著大門他們不得擅動，我的內心並不害怕，反而激動地顫抖著。我看著雷博士一家人，不知道該撲到他們的懷抱中痛哭？還是以小仙的方式高興得又叫又跳？但是，這次連小仙都不再又叫又跳，她已是一位亭亭玉立

的少女了。

小仙清純美麗的臉上，卻深深地鎖著眉頭；她憂鬱地看著我，說不出一句話。雷博士也不見昔日的溫文儒雅，他的臉上增添許多皺紋，頭髮和兩鬢都略見蒼白。雷夫人卻激動地看著我，她的眼睛又紅又腫，不知道已經大哭多少回了？

我們靜靜地相互凝望著，沒有任何的動作。此時、此地、此景、此情教人何堪呢？我衷心思念的爸爸、媽媽和小仙，竟是在如此的情況下重逢，我的內心正緊緊地糾結著，勒得我好痛好痛……。

爲什麼雷博士、雷夫人和小仙，會陪著安全機構的負責人一同現身呢？我開始分不清他們到底是敵是友？「相見先問有仇無？」人生最大的悲哀莫過於此吧！

我強忍著不讓淚水滴落，回過頭望著龍女、小基、大門、小慧等親友，或許他們才是我可以信賴的人。雷博士曾是我的父親，但我現在是小基的父親；小仙曾是我的情人，但龍女現在是我的妻子；武裝的士兵是我的敵人，大門才是我的朋友。這種種的對比關係十分荒謬，卻眞實歷歷地呈現眼前。我深深吸一口氣，再轉回頭時已變得冷靜。

雷博士終於開口，他的聲音非常乾澀，緊張地搓著雙手說：「小聖，我們都很想你，這些年你過得好不好？……現在時間緊迫，爸爸要和你商量一件事……」緊接著，雷夫人哽咽地說：「小聖，乖乖聽爸爸的話，好嗎？……」

「現在是怎麼一回事？……」我幾年未曾說話，聲音聽來十分刺耳，我無暇理會如何咬字發音？用手指著那兩位士兵說：「他們又要來捉我了嗎？」

「小聖，你先聽爸爸說……」小仙也開口懇求我，她的眼睛閃著淚光，讓我根本無法拒絕。

「好吧！……」我無力地回答。

雷博士斷斷續續地敘述整件事的經過，原來那些動物學家發現猴群的異狀，向國家生物科技研究機構回報後，機構內的生物科技專家就懷疑我在其中。自從我逃離實驗室，那些專家就接手研發「猴人」的工作，雖然他們對我的來歷瞭若指掌，對我的去向卻完全不知。動物學家回報的種種異象，讓他們開始產生「合理的懷疑」。

既然無法再創造或複製成猴人，全力尋找我的下落，就成爲國家安全機構的重要大事。雖然安全機構並無直接證據，判定雷博士縱我脫逃，但他們始終認爲雷博士涉嫌其中，幾年來嚴密地監視雷博士一家人，只是未曾發現異狀而已。當安全機構獲知「合理的懷疑」後，就申請搜索雷博士全家，想找出更多蛛絲馬跡的線索。

安全機構刻意毀損雷博士的聲名後，他就完全退出生物科學研究領域，生活得像個隱士一般，但全家人還是遭人指指點點。雷博士毀去有關我的所有檔案，決意不再讓人類藉此創造猴人，他唯一保留著的就是訊號接收器。這個接收器和我項鍊上發射器相通，只要發射的訊號傳送到接收器上，雷博士就可以透過衛星網路連結，知道訊號的來源和我的所在位置。

不幸的，安全機構假借名義搜索雷博士家中時，這個訊號接收器就遭到沒收，我卻在那個時候發射出訊號。訊號接收器突然響起，再比對「合理的懷疑」後，安全機構確定我就躲在這片叢林之中，並且組織起一個數量龐大的猴群。這個消息令安全機構又驚又喜，他們向國家最高領導人報告後，決定將我活捉回去繼續研究……。

真相已經大白，猴人的命運早已注定，即使我費盡心力去改變它，終究敵不過人類的手段。我奮力扯下脖子上的項鍊和發射器，將它摔在巨石上砸碎。我的內心已經萬念俱灰，根本聽不進雷博士說些什麼，只想閉上眼就此死去，再也不理會這一切的紛紛擾擾了。

9 重生

雷博士痛苦地流下眼淚説：「小聖，爸爸對不起你！但你的決定關係著這一大群猴子的生死，你必須多爲他們想想。爸爸能做的也只有這麼多了。」

「我不要聽！我不要聽！……」我歇斯底里地大叫著。

「小聖，你不要這樣子，你要聽爸爸説完……」小仙哭泣起來。

那位國家安全機構負責人，這時終於開口説話：「我們不想傷害你的性命，會盡力保護你的安全。……」

「……」

「你是生物科學領域的至高成就，不要再像個猴子任意而爲，傷了大家的心。……如果你好好的聽話，我們有辦法保全你的猴群，否則他們難免會受到傷害！」

這番話是什麼意思？派守重兵團團圍住這片叢林，難道不是爲了活捉我嗎？爲什麼還關係著所有的猴子呢？眼前的兩位士兵就足以制伏我，何必大費周章解釋給我聽呢？安全機構負責人說話的態度溫和，內容卻令人摸不著邊際，我只好忍住滿腹的怒氣，繼續聽著雷博士的解釋和勸說。

原來安全機構派遣直升機前來偵察時，就已利用紅外線攝影技術估算出猴群的數量，他們沒想到這裡竟有數萬隻的猴子，又不知

這群猴子與我有何關聯？整個猴群似乎經過訓練，或許正是他們積極想培育的「智慧猴群」，安全機構想要將整個猴群全數活捉，最好能一舉成擒。

安全機構卻未料到，那些動物學家也將他們的觀察所得，發表在國際性的生物研究期刊上。此一異象立刻引起高度重視，世界各國的生物學家紛紛提出申請，計畫來這裡做實地的調查研究。

國際動物保護組織也十分關切此事，公開呼籲要妥善保護這群猴子的生存權利。其他國家的安全情治單位，更懷疑整個事件背後有某種陰謀，此事變成一個十分棘手的國際問題了。

爲此，國家最高領導人召開祕密國安會議，議題是如何保有「猴人」的祕密？如何不驚動國際輿論？會議中做成三個結論，上策是將整個猴群安全地遷移，讓各國的生物學家無功而返；中策是活捉我及小部分猴群留做研究，撲殺其他的猴群並毀屍滅跡；下策則是如果連我都活捉不到，就將整個猴群滅族，不惜大規模噴灑毒劑。

安全機構被迫找上雷博士商議，並向他分析其中的利害關係。當他聽到我和整個猴群都有危險時，毫不猶豫地答應當說客，甚至連雷夫人和小仙都一併帶來，只為成功地說服我。

雷博士抵達叢林時才知道，一個龐大的「封山」行動已經完成，國防部竟出動三個野戰步兵師，以三萬人以上的兵力，包圍這片叢林及猴群。如果這次的說服行動不成功，軍隊將採取更激烈的手段……。

聽完這段簡明扼要的描述後，我已是冷汗浹背、雙腳顫抖了。我簡直不敢相信，整個猴群因我而面臨被滅族的危機，幾萬隻猴子的性命也岌岌可危，想到這裡我差點要哭出聲來！雷博士說得十分明白，國家的立場是：「寧為玉碎、不為瓦全！」

安全機構的負責人讓雷博士暢快地傾訴，他並不在意雷博士措辭激烈，也未制止雷博士批評國家及安全機構。對於這位負責人而言，目的能否達成，更甚於手段是否恰當。我敏感地察覺到這一點，腦海中隱約浮現出可怕的念頭，卻不能也不敢細想這個念頭。

「你都聽清楚了？還有什麼想知道的事？……」這位負責人顯得胸有成竹，仍是一副溫和的模樣。

「……你想要我怎麼做呢？」我無力地問。

「今天之內，你要將猴群全都召集至此，一個也不能少！」他輕鬆地回答。

「然後呢？……」

「剩下的就是我們的事，你不必知道那麼多。」

「不行！」我的口氣變得十分堅決。如果這位負責人不告訴我他們的計畫，我會不惜一切地阻止他。

「小聖……」

雷博士剛要插嘴說話，這位負責人立刻揮手打斷他。相較於負責人威嚴的模樣，雷博士顯得好軟弱，只好乖乖的噤口不語。

「明天一早，我們將在空中噴灑麻醉劑，迷昏所有的猴子後全部帶走！」負責人的語氣變得十分嚴肅。

「……」

「如果你能先將猴子們集中起來，會減少我們許多麻煩。否則我只負責保全這附近的猴子，其他漏網之猴一概不管。……」

這才是眞正的行動計畫！數萬隻的猴子怎可能任由他們捕捉？

即使大量噴灑麻醉劑，又怎能涵蓋這片廣大的叢林呢？先將猴群集中在一起，迷昏後就能手到擒來，這才是最好的方法。唯一能讓猴群聽命就範的，就只有我這隻猴王了。

如果我不乖乖聽話，眼前的兩位士兵將立刻動手逮捕我，即使群猴無首會引起更大混亂，他們也將毫不顧惜地捉之殺之，這就是「漏網之猴一概不管」的意思吧！雷博士說得沒錯，我的決定正關係著猴群的生死！

直升機載著雷博士一家人離去，安全機構負責人和士兵也跟著離開，像是未曾發生任何事情般，巨石上只剩下猴類，不見人類的蹤影。

猴群慢慢地靠攏過來，先是猴子武士們，他們仍然是手持長

矛，卻顯得無精打采的樣子。其他公猴跟隨在猴子武士身後，愈聚愈多圍滿巨石周邊，母猴、幼猴和老猴遠遠地被擠在外圍。猴群臉上那種惶然不安的神情，足以說明他們內心的恐懼。

猴群並不知道剛才發生什麼事情，他們看到直升機飛來又飛去，機上的人垂落又升回；他們見得到我和人類交談，卻完全聽不懂我們在談些什麼。猴群都露出茫然不解的神色，連龍女、小基、大門、小慧也毫不知情，他們絕未料到，自己的命運已被別人決定了。

我同意安全機構負責人的要求，決定先將猴群聚集於此，這些猴子主動靠攏過來最好不過了。但是，還有更多的猴子散落在更遠的地方，聚集數萬隻的猴子豈是易事？我必須召喚他們才行！我用手勢向大門和猴子武士們下達動員指令，要他們強迫所有的猴子到此聚集，動用武力也在所不惜。

猴子武士們對這個指令並不陌生，平日召集公猴集體受訓時，就是由他們負責執行。他們所使用的方式是利用聲音傳喚，幾百隻的猴子武士一起高聲猛吼，驚動內圍地區的公猴跟著猛吼，接著由內而外，一波波地向外圍地區傳呼，直到整座山頭內的公猴都跟著猛吼。

上萬隻公猴同時吼叫時聲勢驚人，他們會一面吼叫著，一面向核心地區集中，直到所有的公猴聚集來此。這般龐大的群體動員，需要花上一小時的時間，除非公猴受傷或生病無法前來，否則他一定會按時出現。這是猴類天性中的紀律，也是我特別訂下的規矩。

這幾天來，大多數的猴子已向核心地區集中，猴子家庭組織卻已七零八落，許多公猴更不耐食物短缺，又獨自到外圍地區冒險覓食。這次所召集的不僅是公猴，還包括母猴、幼猴和老猴的所有猴群，任憑猴子武士們的吼聲不斷，向外傳呼的力道卻已大減，不少公猴吼叫一陣就沒力氣了。

直到黃昏前，我才勉強召集大多數的猴子；他們密密麻麻地你擠我推，整個場面十分混亂。數量龐大的猴群聚在一起，打鬧紛爭的事件已難避免，我命令教訓那些不聽話的猴子。不少隻調皮搗蛋的公猴被長矛刺傷，他們哀嚎連連的叫聲，驚嚇其他的猴子不敢再生亂，猴群勉強安靜下來，等待我這隻猴王發號施令了。

雖然我答應安全機構負責人的要求，並保證讓猴群聚集於此，但我無意讓猴群就此束手就擒。我知道，單憑猴群的力量無法逃脫困境，我決定以大自然的力量去對抗人類，讓這個猴群得到重生的機會。

我的腦海不斷浮現那個可怕的念頭，它也愈來愈具體地呈現在眼前。這本是人類要用來對付猴類的手段，我卻要將它加諸人類身上。

安全機構負責人說得很好聽，他說會將我們帶往一個安全的地區，然後在那裡快樂地生活著。這是人類的美麗謊言，所謂「安全的地區」正是集中營，唯有如此，人類才能控制我們的生活，對我們爲所欲爲。

一大群具有智慧的猴子，能爲人類做些什麼事呢？無非是人類當初想要猴人做的事罷了！這群猴子數量龐大，又有生生不息的能力，對人類是無窮盡的寶藏呢！這個國家想獨佔我們，別的國家何嘗不是這種想法呢？只要有人類的地方，就沒有我們這群猴子的生存餘地！

我清清楚楚地記得，當初那場公聽會所做的結論，無論是要我爲人類冒險犯難，或是擔任特種部隊的殺人工具，甚至被活體解剖後進行研究，都是要我爲人類「犧牲」！如今他們的想法，同樣是想讓這群猴子爲人類犧牲，即使手段不同，最終目的卻是相同。

即使我被犧牲，也不過是自己的一條命，整個猴群被犧牲，卻是數萬條命，這數萬條命中還有我的妻子、我的朋友、我的子民！

人類無法認清這個事實，連雷博士一家人都未曾想到，經過這幾年的叢林生活，我已經懂得什麼叫做「自由」了。我寧願得到自由而死去，也不願失去自由而活著，我更不願整個猴群失去自由而活著。

我不能再讓人類任性而爲，繼續傷害我們猴類。困擾我許久的問題終於獲得最後的答案，我不再是個猴人，而是一隻眞正的猴子！

夜幕低垂、黑暗籠罩大地，只有山下的軍營燃著燈火，照亮著人類所及之處。我也有火，藏在那堆大土窯中的火苗，此刻，我就要用這些火苗，燒出整個猴群的生存之路。

趁著夜晚叢林一片黑暗，最適合猴群大規模地向外逃竄，但這個猴群已經習慣生長於此，環境若無巨大的災變，他們絕對捨不得離開叢林。我決定放手一搏：「放火燒山！」

我將整個猴群聚集的目的，就是要他們親眼見到巨變的發生，逼迫他們敢冒生命危險向外逃竄。我從大土窯中取出火苗，先用枯枝引燃成許多的火炬後，再一支支丟向附近的樹叢。正如預料般地，猴群看到火光四起，立刻引發大亂，他們開始向外奔逃。

龐大的猴群奔逃時眞是慘不忍睹，他們原本都聚集在巨石附近，受到火勢的驚嚇，年輕健壯的公猴先自顧地向外逃竄，根本不顧老弱婦孺的安危，許多老猴和幼猴都被踩倒在地上。幸好火勢尚未大起，當公猴們如旋風般逃竄後，那些母猴、幼猴、老猴還有時間向外移動。

漸漸地，樹叢間的火勢愈來愈大，山風更助長著火勢蔓延，一場森林大火熊熊地燃燒起來。火勢蔓延的速度愈來愈快，先是巨石附近的大樹盡被無情地焚燒，接著內圍地區的樹木也跟著著火，最後竟向外圍地區的樹木燒去。

由於起火點是在核心地區，火勢再向四周蔓延後，猴群也是由內向外地奔逃。他們逃逃停停，不住地回頭張望，直到火勢又逼近時，才被迫向更外圍的方向逃去。數小時後，整座山頭都燃起大火了，原本駐守在四周部隊開始向後退去，部隊所部署的包圍網也紛紛出現缺口。

這時不只猴類四下奔竄，叢林中的野生動物也在逃命，連人類都被迫撤退避難，「封山」行動已徹底瓦解了。猴群和其他野生動物混雜著逃竄，部隊分不清那些動物是射殺的對象；當部隊本身的封鎖線出現缺口後，更無力阻止動物向外衝去。

這些部隊愈來愈自顧不暇，走避不及連自己都會深陷火海。部隊並不熟悉這個叢林的地形地勢，他們固守定點足足有餘，大軍想在黑暗中移動卻力有未逮。當整個叢林大火濃煙密佈時，部隊若能安全地逃出火海已是僥倖，人類該知道猴類的本領了吧！

火勢剛開始燃起時，我指揮著大門和猴子武士們，策動著猴群向外奔逃，再協助落後的老弱婦孺們離開。當火勢漸大時，我逼著

大門和猴子武士帶著他們的家庭，跟隨著猴群向四處逃散，我將龍女和小基托付給大門，我相信他會盡力保護這對母子的安全。

在這數百個猴子武士的家庭中，都有我的親生子女，我雖不知子女們到底長成什麼模樣？也不知他們是否如小基般聰明可愛，但我相信他們一定遺傳著我的基因，這種基因若能不斷地遺傳下去，將是促成猴類進化的最大動力。我那數百隻的親生後代中，總有些能逃出人類的魔掌，只要部分後代能自由地另尋出路，這就是猴群重生的開始吧！

我是最後一隻離開巨石的猴子，沒有太多的依戀與不捨，我知道只要我活得下來，我就能再找到另一塊巨石，再開創另一個猴國。

我選擇和猴群相反的方向逃亡，他們往山勢低處逃去，我反向山勢高處奔走。我遠遠地離開猴群，這對他們是一件好事，安全機構以活捉我爲主要目的，我離開猴群愈遠，他們就愈安全，逃命保命也就愈容易。

叢林大火容易燃向高處，火勢始終緊跟著我，我愈往高處奔走，火勢就愈往高處蔓延。天色微亮時，我發現自己已被逼到一處懸崖，眼前再無任何的去路。火勢不斷地逼近，我踩在懸崖邊，只能見到腳下的雲霧，完全不知雲霧之下是何景況！

這時陽光乍現，雲霧反射出金色的光芒，我不禁想起那位騰雲駕霧的齊天大聖了。突然間，一棵燃著大火的巨樹朝著我倒下，我毫不猶豫地轉身躍入雲霧……。

《基因猴王》延伸閱讀：

超能力

黃秋芳

我離開猴群愈遠，他們逃命保命就愈容易
燃著大火的巨樹朝著我倒下，我毫不猶豫地
轉身，躍入雲霧……

☺最想要的超能力

在黑暗裡，沉靜地看著電影《超人》、《蝙蝠俠》、《蜘蛛人》、《綠巨人》、《全民超人》、《超人特攻隊》、《驚異四超人》、《我的超人女友》……，這些神奇、扭曲的時空，所有不可思議的超能力，到最後都會讓我們鬆一口氣，覺得眞好！世界重新又整理出讓我們安心的秩序。

好像回到幼兒時的童話年代，無論經歷多少痛苦、磨難，到最後好人一定會打敗壞人，正義一定會戰勝邪惡。

童話故事就是這樣，總是從很久以前說起，無論是肉身的脆弱、手足間的爭寵、父母愛的失落，都能經由「幻想」與「變形」，在混亂中找到秩序，在潛意識裡不知不覺地經歷過內在灰暗世界，然後又藉著遙遠的時空距離所產生的安全感，堅定有序地浮出「掙扎水面」，回到現實，學會在現實社會中快樂地生活下去。

在「遙遠的時空」、「別人的故事」中，層層剝落的，其實是「我們自己的甜美與痛楚」。每經歷一次充滿生命掙扎的破碎與整合，我們就能夠體會一種更深層的成長與成熟。所以，心理學家喜歡說：「童話是一場尋求生命意義的奮鬥。」

當我們這樣經歷過黑暗、危機，重新找到希望和力量，再回到可能讓我們傷心、可能讓我們難過，也可能讓我們忿恨不平的現實人間，這時候，不只覺得安心，說不定我們也會偷偷這樣想，如果自己也擁有一種別人沒有的超能力，那該有多好！

如果可以選擇，在下面這些選項裡，最希望擁有那一種超能力呢？可以再深入想一下，究竟是爲什麼嗎？方便的話，拿出紙和筆，在選項上打一個勾，並且簡單記錄理由：

□ 1. 飛　行
□ 2. 超越時空
□ 3. X光透視
□ 4. 隱　形
□ 5. 變　形
□ 6. 順風耳

☺心理測驗

相信嗎？超能力，其實是一種心理測驗。因爲，所有的超能力，都是因爲我們在現實渴望中不能觸及，所以，具體呈現了我們的遺憾和渴望。

在檢視超能力心理測驗結果以前，我們必須先釐清，心理測驗不是「算命」，不可能經由這些片面的印象，決定我們的性格，左右我們的態度，預測我們的未來。

心理測驗也不是「人格分類考試」，不太可能藉由一次又一次心理測驗，把一個又一個複雜的人群，分類放進一個又一個類似於「溫和」、「有趣」、「聰明」、「熱情」、「爆烈」、「瘋狂」、「遲鈍」、「冷漠」……這些不同的抽屜裡，在我們遇到困惑或磨難時，又一個一個拿出來檢視，噢，原來我就是太溫和、他就是太暴烈，誰太熱情，誰太冷漠，誰誰誰又……。這些情緒反應，都叫做「貼標籤」，無論是爲自己貼標籤，或者是爲別人貼標籤，都很容易忽略了眞切的實相，錯過生命中的美好。

我們只能承認，心理測驗是一種統計。在設計、完成心理測驗的研究過程，可以確定是一種科學、一種觀察、一種實際的實驗數據和客觀的分析詮釋。透過這些演繹和歸納，我們可以假設，最大部分的人是這個樣子，具有一定程度的可信度，但是，絕對不可能全面涵蓋。

當然，我們也可以把心理測驗當做一種充滿內在省思的「內觀遊戲」，在平凡重複的現實生活中，增加一些觀察自己、觀察別人的切入角度，做爲「了解自己」，並且可以「張望世界」的方法。

我更希望的是，我們透過心理測驗，鑿開一條美麗而幽微的心靈通道，和自己、和別人、和更多我們認識或不認識的群體，相互靠近。同時也在不斷靠近自己的過程，深刻地了解自己、接納自己，接受自己所有的缺點和缺憾，小心準備，寬容接受；珍惜自己所有的優點和幸福。

改善問題，放大美好，成爲一個更好的人，這就是心理測驗最值得被正視的意義。

☺改善問題，放大美好

如果想深入理解內心祕密的嚮往，我們可以發現，在「超能力」的選擇過程，投射出各種不同的性格。

前三種選項，個人特殊性較爲強烈。和「自己」的對話多過對「別人」的思考；「個人定位」超越「團體認同」，常常因爲自己的個性和態度，決定了人生中每一個轉折點的曲折變化。

首先，選擇「飛行」超能力的人，喜歡計畫人生的大方向，不喜歡繁文褥節；隨時在計畫，隨時在改變；喜歡自由、冒險，改變世界，個人色彩濃烈。

這種人好像活在一個永遠不會老的世界，永遠有無限可能。要注意噢！他們喜歡的是是「大」方向，而不是「小小」的執行細節。自由與冒險帶來更多的機會，同樣地，也帶來無止盡的錯過與捨棄，當生命應該不斷累積出更多的重量與厚度時，因為隨時在計畫、隨時在改變，常常生活在不能幸福於當下、永遠嚮往著遠方的「不滿足」狀態。

其次，選擇「超越時空」超能力的人，喜歡追根究柢，並且能夠記取過去的錯誤，作為將來的教訓，做事成功率高；對於人們不同的生活方式感到十分好奇，人際關係也不錯。

這種人在生活上好相處，在學習或工作上也有不錯的表現，是整個社會的中堅力量，有時候，也會因為這種穩定而堅實的重量與厚度，過於符合「主流價值」的標準，遺忘了從混亂、脫序中新生出來的瘋狂夢想。

第三種選擇「X光透視」超能力的人，喜歡「看穿」問題，並探討問題的核心，發現別人看不見的問題，也喜歡解決問題。

這種人既不像「飛行人」那樣自由、感性，充滿個人風格；也不像「穿梭人」透過知性的理解與累積，在「自我」與「團體」間尋求一種平衡；「透視人」具有堅實頑強的邏輯概念，加上理性分析與合理判斷的深層運作，敏於對事，拙於對人，善於解決問題，卻常常也引起接下來更多連他自己也想像不到、解決不了的新問題。

☺選擇，最重要的超能力

選擇後三種選項的人，可能就不是這麼純粹、這麼堅定，甚至還帶著點瘋狂、任性的意味。

他們遊走在「自己」和「別人」之間，不斷對話，不斷思考，不斷地辯證與拉鋸；「個人定位」和「團體認同」的協調或不協調，常常輪流出現，在心裡形成矛盾反覆，情緒濃稠，卻又在人生轉折中，不由自主地被捲入不容易找到答案的「怎麼辦？」漩渦。

選擇第四種「隱形」超能力的人，可能很害羞、可能很神經質，也可能有驚人的想像力或敏銳的觀察力，希望洞悉週遭的每一件事。

這種人常常是沈溺在私密世界的創作者或藝術家。不過，有時候也會顯現出對週遭環境的過度反應，因爲害羞，因爲太在意周邊的世界，反而錯過許多生命的美好。

剛好和「隱形人」相反的是，選擇第五種「變形」超能力的人，他們具有創造力，好奇，喜歡冒險，總覺得世界很大很大，看起來很在乎別人的看法，其實，更不喜歡受到侷限。

也就是說，自我特質強烈的「隱形人」，希望洞悉週遭、融入現實；看起來在乎別人，願意變自己的形去適應別人的「變形人」，常常變著、變著，反而自顧自延伸著自己的想像、渴望和夢想，跑到一個別人不能理解的國度去了。

最後，選擇第六種「順風耳」超能力的人，非常注意一點點、一點點的變化，關注別人比自己更多。喜歡別人告訴自己最新的消息，可能自己也喜歡聒噪不休！

這種人就像華航的廣告，徹底遵循「以客爲尊」，永遠關心著「更多的別人」，讓自己的世界更熱鬧，可是啊！也常常在別人的世界裡傷心、難過、生氣、受傷……，要慎重跳出這些不能自主的情緒所引起的牽動與羈絆。

所以，這六種超能力，都在預言藏在我們身體裡的特質，有優點，也有缺點；有正向發展的可能，也有負面毀滅的傾向。就像基因猴王最後，在人生的難題不能自主地迫在眼前時，他的智慧、他的努力，可能把猴群帶到一個前所未有的理想國，也可能讓大家遭遇難以想像的痛苦。

未來，究竟會如何改變呢？我們如何瞬間整理出一生全部的經驗、情緒、知識、智慧、直覺、分析、判斷……，並且可以承擔不可預期的未來，這就是我們在人生轉折中一定要面對的超能力，超越一切，做出選擇。

選擇，才是最重要的超能力。

作者簡介

王樂群，文化工作者，擅長創意、企劃、行銷等工作。平日喜愛廣泛獵取新知，閱讀及看電影是最大樂趣，偶爾於報章雜誌發表雜文。初次嘗試少兒文學創作，《基因猴王》是第一部作品，卻充分表現出創意及想像力，堪稱是學以致用的佳作！

內頁繪者簡介

DF，本名陶一山，曾任職遊戲公司、美術設計及空間展示工作，因辦公室的環境過於僵硬，所以擺脫朝九晚五束縛，目前在自己的工作室，創造喜愛的作品。

九歌少兒書房 ⑬①

基因猴王

定　價：220元
第33集　全套四冊

作　　者：王　樂　群
繪　　圖：D.　F.
發 行 人：蔡　文　甫
發 行 所：九歌出版社有限公司
臺北市八德路3段12巷57弄40號
電話／25776564・傳真／25707716
郵政劃撥／0112295-1
九歌文學網址：www.chiuko.com.tw
登 記 證：行政院新聞局局版臺業字第1738號
印 刷 所：崇寶彩藝印刷有限公司
法律顧問：龍躍天律師・蕭雄淋律師・董安丹律師
初　　版：2003（民國92）年7月10日
增訂新版：2009（民國98）年7月10日

ISBN 978-957-444-603-2　　Printed in Taiwan
書號：a33131

國家圖書館出版品預行編目資料

基因猴王／王樂群著；D.F.圖. --增訂新版.
--臺北市：九歌， 民98.07
面； 公分. --(九歌少兒書房 ; 131)

ISBN 978-957-444-603-2（平裝）

859.6 98009038